CACCIA ALLE STREGHE

UN GIALLO DELLE STREGHE DI WESTWICK

COLLEEN CROSS

Traduzione di
ALESSANDRA LORENZONI

ISBN eBook: 978-1-988272-18-4

ISBN Tascabile: 978-1-988272-26-9

Edito da Slice Publishing

CACCIA ALLE STREGHE

UN GIALLO DELLE STREGHE DI
WESTWICK

FATE ATTENZIONE A QUELLO CHE DESIDERATE...

Un giallo paranormale delle streghe di Westwick

"...Una chicca soprannaturale che vi stregherà. Se vi piacciono i misteri e le magie adorerete Cendrine West e la sua stravagante famiglia di streghe!"

Cendrine West ha un segreto: non vuole essere una Strega. D'altra parte come strega non è molto brava e sua zia Pearl non fa che ricordarglielo. Ma Cendrine non può sfuggire alla sua natura, soprattutto non nella piccola Westwick Corners, dove la famiglia di streghe West crea problemi da generazioni.

I problemi sorgono quando viene scoperto un cadavere poco prima del matrimonio di Cendrine. Le sue indagini portano alla luce una connessione soprannaturale e un segreto sul suo fidanzato che avrebbe preferito non scoprire. Cendrine è costretta a mettere alla prova la sua capacità come strega. Sarà in grado di salvare la sua famiglia e la città?

Gli indizi sulla scena del crimine indicano l'irascibile zia Pearl, che si è votata a impedire a ogni costo il turismo, così importante per la piccola città. Pearl è anche determinata a cacciare Tyler Gates, il nuovo affascinante sceriffo, come ha fatto con i suoi predecessori. E se questo non bastasse, ci si mette anche il fantasma di nonna Vi, che vuole partecipare all'azione. Cendrine fa di tutto per scagionare la zia, anche se questo non andrà necessariamente a suo vantaggio.

Volano scintilla tra Cendrine e Tyler, mentre si accumulano le prove contro zia Pearl. Cendrine riuscirà a spingere le indagini, e il suo cuore, nella giusta direzione?

Se vi piacciono le storie misteriose con un pizzico di humor e di soprannaturale, quest'avventura paranormale fa per voi!!

CAPITOLO 1

Avevo appena tirato fuori dalla borsetta il cellulare che stava suonando, quando la zia Pearl volò nel mio ufficio in redazione. E, voglio dire, letteralmente volò... una cosa assolutamente proibita durante il giorno. Il nostro essere streghe non era esattamente un segreto nella piccola Westwick Corners, ma era preferibile non mettersi in mostra.

Volteggiò attraverso la porta con espressione accigliata. "Cendrine!"

La zia Pearl usava il mio nome per intero solo quando era arrabbiata. Del resto anch'io non ero dell'umore migliore. Ero arrivata in ufficio alle sei di mattina per mettermi in pari. Era quasi l'ora di pranzo ed ero stanca, affamata e sudata, dato che, come prima cosa quella mattina, l'aria condizionata aveva reso l'anima: il termometro del mio ufficio segnava 32 gradi, ma non potevo permettermi le riparazioni.

Ora, quello che restava della mia giornata stava per essere buttato all'aria. Beh, forse no, se riuscivo a evitarlo.

Ignorai la zia mentre il cellulare continuava a suonare. Controllai il display per vedere chi chiamava. Di nuovo la mamma. Mi aveva già telefonato quasi una decina di volte quella mattina, con domande sulla prova del matrimonio e la grande festa di inaugurazione del Westwick Corners Inn, la locanda gestita dalla nostra famiglia, entrambi in programma per il tardo pomeriggio di quella giornata. Forse avrei fatto meglio a restare a casa.

"Cendrine, il nostro nuovo sceriffo è un cretino. Voglio fare un reclamo." Zia Pearl restò sulla soglia, in attesa della mia reazione.

"No." Distolsi lo sguardo e risposi al cellulare.

La mamma era agitatissima. "Cen, non riesco a trovare Pearl. Ho paura che sia di nuovo andata in giro a fare qualcosa di folle."

Attivai l'altoparlante e lanciai un'occhiataccia a zia Pearl. " È qui con me."

Zia Pearl si avvicinò alla scrivania e gridò nel telefono. "Non ho bisogno di una babysitter, Ruby. Sono perfettamente in grado di divertirmi da sola."

"È questo che mi preoccupa," disse la mamma. "Non puoi continuare a far scappare tutti dalla città, soprattutto i rappresentanti della legge. Non è giusto."

"Perché non mi appiccichi addosso qualche dispositivo di rilevamento? Caspiterina." La zia si lasciò cadere nella poltrona di fronte alla mia scrivania. "Non sono una bambina."

"Qualche volta ti comporti come se la fossi." Mi sembrava di essere l'unica a preoccuparsi del fatto che il genere di benvenuto che la zia Pearl aveva riservato allo sceriffo avrebbe potuto tradire la nostra particolarità. I West erano tra le famiglie fondatrici di Westwick Corners, dove i miei antenati si erano stabiliti più di cento anni prima. Ma pure noi non potevamo abusare della pazienza dei nostri compaesani. C'è un limite a quello che le persone possono accettare.

La zia Pearl ignorò la mia risposta. Forse era la storia della nostra famiglia che le dava un tale senso di egocentrismo. Non andava affatto bene, perché la sua sfacciata trascuratezza delle regole minacciava di continuo la nostra permanenza in città. Sembrava che a lei non importasse un fico secco.

Afferrò il mio cellulare e ci urlò dentro. "È uno che crea problemi, Ruby. Cen farà un reclamo contro di lui."

Io mi ripresi il telefono. "Non farò niente del genere. Quello che vuoi tu e quello che fa vendere i giornali sono due cose diverse, zia Pearl. Non ti posso aiutare. Sono in scadenza con l'uscita del *Westwick Corners Weekly*." Come la maggior parte della gente del posto, mi ero comprata un lavoro e avevo acquistato il giornale quando il vecchio proprietario era andato in pensione. La maggior parte delle industrie locali si era esaurita quando l'autostrada statale aveva cambiato percorso qualche anno prima. In poco tempo, molti giovani della mia età se ne erano andati verso pascoli più verdi. Quelli di noi che erano rimasti riuscivano a malapena a sopravvivere.

La voce della mamma si alzò. "Guarda, Cen, Pearl sta solo cercando di essere d'aiuto. Tu prendi il tuo lavoro troppo sul serio."

Il cambio di tono improvviso della mamma non mi sorprese. Stava semplicemente prendendo le parti della sorella maggiore per cercare di ridurre al minimo i danni collaterali e mantenere la propria sanità mentale. La strategia della mamma spesso faceva sì che zia Pearl otteneva quello che voleva e lei evitava il conflitto. Come strategia a lungo termine, ero convinta che causasse più problemi di quanti ne risolveva.

"Devo andare. Ci vediamo tra qualche ora." La mamma semplicemente autorizzava il comportamento negativo di mia zia in un'inutile sforzo di mantenere la pace. Era indifferente a come la zia Pearl agiva per ottenere il suo scopo. Io, d'altra parte, cercavo di mantenere la mia posizione. Il risultato finale era che io e la zia finivamo sempre testa a testa.

La zia Pearl sprofondò nella poltrona di fronte alla scrivania e sbuffò. "Questo non è un giornale: è solo una raccolta di annunci per gente che va in cerca di offerte speciali. Perché perdi il tuo tempo? Nessuno legge i tuoi articoli. Guarda in faccia la realtà, Cen: questo giornale è un bidone."

"Almeno mi guadagno da vivere onestamente." Ogni volta che

mi sentivo giù, la zia Pearl riusciva a farmi sentire peggio. Il suo giudizio comunque era abbastanza vicino alla realtà. Mi ero procurata un lavoro part time, pagato poco, e non ero nemmeno tanto brava. C'erano poche altre alternative per guadagnarsi da vivere, in città, e la maggior parte di noi doveva fare l'imprenditore. "Prova qualcosa di carino, per cambiare."

La zia mi studiò per un momento ma rimase in silenzio. Di rado le mancavano le parole. Avrei fatto meglio ad ascoltare la sua ultima tirata se volevo lasciare l'ufficio in tempo.

Si sporse in avanti. "Ti do uno scoop, così per una volta avrai da pubblicare una storia decente. Il nuovo sceriffo è corrotto e io voglio portare alla luce i suoi crimini."

"Quali crimini?" Controllai l'orologio. Mancava poco a mezzogiorno. "Lo sceriffo Gates fa il suo lavoro da quanto… qualche ora? Non ha ancora avuto tempo di fare niente."

"Ha un passato, Cen. Sordido."

"Non ce l'hanno tutti?" Tyler Gates era il nostro quinto sceriffo in sei mesi. Attiravamo solo sbandati, parassiti e quelli che si riteneva non avrebbero potuto trovare lavoro da nessun'altra parte. Io ero dell'idea di lasciargli una possibilità perché un po' di legalità è sempre meglio di niente. Meglio tenersi quello che passava il convento.

"So che ha lasciato il suo ultimo lavoro." Pearl mi strizzò l'occhio. "È vergognoso."

"Davvero?" L'unica cosa positiva di questo frequente cambio di rappresentanti della legge era che i poteri soprannaturali della mia famiglia riuscivano a restare più o meno segreti. Il lato negativo era che non avrebbe dovuto essere così. L'unico motivo per il loro precoce abbandono era l'ondata di crimine al femminile che ora mi stava di fronte dalla parte opposta della scrivania.

"Sì, davvero. Un'altra cosa: quel cartello in autostrada attira le persone sbagliate." Gli occhi di zia Pearl si strinsero mentre si alzava per sembrare più grande. Si appoggiò le mani sui fianchi, quarantacinque chili di indignazione e minacce.

"Attira i turisti, zia Pearl. Proprio il genere di persone di cui abbiamo bisogno." La zia Pearl detestava i visitatori, ma se non l'avesse smessa con gli scherzetti Westwick Corners sarebbe diventata solo un'altra città fantasma dello Stato di Washington. La nostra città non aveva industrie locali, solo qualche anziano agricoltore nei dintorni, e quei pochi non spendevano molti soldi.

Il turismo era la nostra unica possibilità, così avevamo trascorso mesi ravvivando e costruendo una nuova immagine di Westwick Corners come meta trendy per il weekend. Avevo la sconcertante sensazione che i nostri sforzi stessero per andare in fumo.

"Cos'è questo odore?" Annusai l'aria, preoccupata che il profumo di lavanda stantia di zia Pearl si fosse trasformato in puzzo acido di benzina. L'ultima volta che aveva puzzato come una stazione di rifornimento era finita sul radar della polizia dello Stato di Washington. Né la città, né la nostra famiglia avevano bisogno di quel tipo di attenzione.

Zia Pearl sogghignò ma rimase in silenzio.

"L'intera città ha approvato la nuova insegna autostradale, zia Pearl. Mi dispiace, ma la maggioranza vince." Di rado avevamo visitatori da quando il percorso dell'autostrada era stato deviato per la vicina Shady Creek alcuni anni prima. Avevamo disperatamente bisogno di cambiare.

"Per favore, non dirmi che hai rovinato il cartello dell'autostrada un'altra volta."

Silenzio.

Le tasse di proprietà nella zona erano salite alle stelle a causa dei frequenti incendi dolosi e degli atti di vandalismo, e le scuse dopo un po' venivano meno. L'insegna autostradale non era l'unica cosa che veniva regolarmente rimpiazzata e io temevo che prima o poi questo avrebbe danneggiato la mia famiglia, dato che la colpevole era zia Pearl.

Avevo il sospetto che il danno al cartello non fosse la sola cosa che veniva nascosta alla mamma. "Posso sentire il puzzo di benzina da un chilometro. Cos'hai fatto?"

Zia Pearl annusò. "Non sento nessun odore. Smetti di

cambiare argomento, Cendrine. Quell'insegna danneggia i miei affari."

Non avevo idea del perché la zia fosse arrabbiata con me. Decisi di stare attenta, dato che piromania e poteri soprannaturali non sono un bel mix. Le capacità magiche sono sia una fortuna che una maledizione. Io ero fermamente convinta che dovessimo tenere a bada i nostri poteri per il bene della società e non utilizzarli per creare scompiglio.

Zia Pearl era di tutt'altro avviso.

"Quali affari?" Sbattei gli occhi, pieni di lacrime a causa del fumo acre.

"La Scuola di Fascinazione di Pearl."

"Eh?" Mia zia era tutto tranne che affascinante.

"La nuova scuola di magia."

"Che scuola di magia? Hai già un lavoro alla locanda. Proprio ora dovresti esser là ad aiutare Mamma." Il nuovo lavoro "di giorno" di zia Pearl era ufficialmente governante della locanda. Era un buon modo per tenerla occupata. Anche a settant'anni, riusciva a cacciarsi in un sacco di guai se si ritrovava con troppo tempo libero.

"Ruby ha tutto sotto controllo."

"Sembrava un po' tesa al telefono. Penso che potresti essere d'aiuto. Gli ospiti potrebbero cominciare ad arrivare da un momento all'altro." Le stanze erano tutte prenotate e avevamo alcuni ospiti molto importanti.

Tonya e Sebastian Plant, la coppia miliardaria che aveva fondato la Travel Unraveled, il più importante impero mondiale di commercio elettronico di viaggi, erano gli ospiti VIP. Contro tutti i pronostici, avevano accettato il nostro invito alla locanda, cosa che noi speravamo potesse risultare in buona pubblicità. La loro esperienza poteva segnare il successo o l'insuccesso della nostra piccola avventura imprenditoriale. O la va o la spacca, per così dire.

"Anche la Scuola di Fascinazione di Pearl ha una grande inaugurazione." Zia Pearl tirò su col naso mentre un biglietto da visita si materializzava nella sua mano. Me lo porse. "Dovresti iscriverti. Dio sa se avresti bisogno di una rinfrescatina di magia. Non mi stupisco che le tue capacità siano così arrugginite, dato che non fai mai esercizio. Le lezioni iniziano domani, alle nove di mattina in punto."

"Non è un buon orario, zia Pearl." Mi rigirai il biglietto da visita tra le mani e una strega all'interno dell'ologramma mi salutò. La appoggiai a faccia in giù sulla scrivania.

"Nessun momento è buono quanto il presente, soprattutto alla mia età. Io farò tutto ciò che mi va," disse. "Ho vissuto qui più a lungo di te. A parte questo, la Scuola di Fascinazione di Pearl fa parte della nuova immagine della città. Si rivolge ai turisti soprannaturali."

"La stregoneria non è compresa nel progetto ufficiale." L'intera città aveva trascorso migliaia di ore a lavorare di concerto sulla nuova strategia turistica e zia Pearl stava per rovinare tutto.

Gli edifici della città, compresa la locanda, erano stati riportati ai fasti dei primi del '900. L'unica cosa che non era stata riportata in vita era il teatro di burlesque, anche se avevamo in programma dei piani per un teatro.

Pochi sapevano che Westwick Corners era costruita su uno dei principali vortici, o centri di energia, della terra. Che la gente ci credesse o no, era un buon richiamo per i turisti. Il vortice era la cosa principale che aveva attirato qui la famiglia West. Fino ad ora era rimasto un segreto ben conservato.

Ora che i tempi erano cambiati e che l'intera città stava lottando per sopravvivere, avevamo deciso di capitalizzare sul vortice. Avevamo pensato a un tema New Age, completo di centro per la guarigione spirituale e negozi di souvenir sul tema dell'energia della terra.

Ma la stregoneria non era compresa.

"Ma non hai nemmeno un posto dove fare lezione."

La zia alzò le sopracciglia e sorrise compiaciuta. "Non è vero. Ho appena affittato la vecchia scuola."

"Non puoi praticare la magia alla luce del giorno." La scuola era a solo poche centinaia di metri dalla Locanda, ed era perfettamente visibile da Main Street. Rabbrividii al pensiero di zia Pearl che faceva magie sotto gli occhi dei turisti. Era la ricetta per il disastro.

"È un paese libero." Zia Pearl tirò su con il naso. "Farò come mi pare. La maggior parte delle persone da queste parti sa del nostro talento."

In effetti era vero. I segreti sono difficili da mantenere a Westwick Corners. La città è piccola e tutti si conoscono. Tuttavia il resto della città non aveva realmente idea della portata dei nostri poteri soprannaturali. Avevano qualche nozione di pozioni di erbe e riti pagani, ma oltre a quello non ne sapevano molto, ed era meglio per tutti quelli coinvolti. L'idea di Westwick Corners trasformata in una specie di città studio di stregoneria avrebbe rovinato il delicato equilibrio della nostra fragile esistenza.

Noi seguiamo la politica del "non chiedere, non raccontare". Il resto della città non fa domande e noi non diciamo niente. Funziona meglio così. Volevo partire con il piede giusto con il nuovo sceriffo e sbandierare la nostra magia avrebbe avuto di sicuro l'effetto opposto.

Sospirai. "Avrai bisogno di una licenza per l'attività, prima. Vuoi davvero registrarla come scuola di magia?"

Zia Pearl si acciglò e cambiò soggetto. "Voi giovani d'oggi non apprezzate le vostre radici. Tu, per esempio. Hai abbandonato la tua arte per ammazzare il tempo in questo postaccio."

"Il *Westwick Corners Weekly* non è un postaccio. È un giornale di cento anni fa." Alzai le mani in un gesto di esasperazione mentre lo sguardo vagava per l'ufficio disordinato. Non si poteva parlare di ristrutturazione a meno che e finché il giornale non avesse ricavato qualcosa dagli annunci pubblicitari. E questo non sarebbe successo senza un salto di qualità dell'economia locale.

Zia Pearl mi schernì: "Qui dentro qualunque cosa sembra avere cento anni. Almeno questo è vero."

"È una redazione non una vetrina." Zia Pearl era bravissima a sminuire i miei successi. Avevo lasciato che fosse il cuore a guidare la testa nel pensare che avrei potuto risollevare le sorti del giornale, ma in realtà non avevo molte alternative. Il *Westwick Corners Weekly* non era il *New York Times*, ma era mio e io di solito trasformavo le voci di corridoio in buone storie.

"Come vuoi. Ma non posso garantire la sicurezza di tutti quei mortali che avete ospiti. I miei studenti devono fare pratica sulle persone reali."

"Eravamo tutti d'accordo su questo punto, zia Pearl, te compresa." Avevo paura di chiederle cosa intendeva con il fare pratica sulle persone, ma ora non era il momento. "Lamentati finché vuoi, ma abbiamo bisogno dei turisti. Dubito anche che tu abbia degli studenti iscritti."

"Vuoi scommetterci dei soldi, signorina? La classe è quasi al completo."

Ero abbastanza sicura che stesse mentendo, ma non potevo correre rischi. "Ti riterrò responsabile per la sicurezza e il benessere dei nostri ospiti." Il mio futuro dipendeva dalla crescita e dalla prosperità di Westwick Corners. Altrimenti perché sarei rimasta ancora qui?

Brayden Banks era uno dei motivi. Il mio fidanzato era il sindaco della città, motivo per cui non potevamo certo andarcene. Mancavano due settimane al nostro matrimonio e il mio futuro era progettato in maniera piuttosto precisa.

"Col cavolo che lo farai." Zia Pearl si girò e uscì come un turbine dall'ufficio. La porta al piano inferiore sbatté proprio nel momento in cui zia Pearl spariva nell'atrio. Riapparve all'improvviso pochi minuti dopo, tornando con passo spedito verso il mio ufficio. La seguiva un uomo di quasi trent'anni con le spalle ampie.

Rimasi a bocca aperta quando riconobbi l'uniforme beige che accentuava la costituzione atletica dell'uomo. Il nuovo sceriffo non assomigliava per niente ai tipi di mezza età, calvi e con la pancia che lo avevano preceduto. Considerando l'incedere deciso, era già sul pezzo.

"E ora cosa c'è?" Avevo il presentimento angoscioso che la sua visita avesse tutto a che fare con la zia piromane che ora stava di fronte a me senza fiato.

"Ti propongo un patto," disse zia Pearl. "Tu mi dai una mano con lo sceriffo e in cambio ti darò una borsa di studio gratuita per la Scuola di Fascinazione di Pearl."

"Assolutamente no. Nessun patto e non mi iscriverò alla tua stupida scuola di magia." Non appena mi uscirono le parole di bocca me ne pentii. Fortunatamente lo sceriffo Gates era a una decina di metri e non a portata d'orecchio.

La zia Pearl mi squadrò in lungo e in largo e scosse lentamente la testa. "Se tua nonna potesse vederti ora, sarebbe mortificata dal tuo comportamento e dalla tua magia arrugginita. Se c'è qualcuno che ha bisogno della mia scuola di magia sei tu, Cendrine."

Tecnicamente, la nonna *poteva* vedermi, dato che si materializzava come fantasma ogni volta che voleva. Nonna Vi negli ultimi tempi era stata tranquilla a badare ai propri affari. Non era contenta che la sua dimora di famiglia fosse stata trasformata nel Westwick Corners Inn. Del resto, il cambiamento era difficile per tutti noi.

"Non ho bisogno della tua scuola. Ho cose più importanti di cui occuparmi."

La zia Pearl sbuffò: "Cosa potrebbe essere più importante della magia?"

I miei occhi corsero allo sceriffo che si stava avvicinando, ma era ancora a circa cinque metri. La zia Pearl non si preoccupava di nessuno che non fosse lei stessa, come al solito.

"Salvare la città, per dirne una. Abbiamo lavorato tanto per evitare che diventasse una città fantasma."

La zia Pearl alzò le spalle. "Cosa c'è di male in una città fantasma. Sono stufa di tutti questi intrusi. Per cambiare, mi piacerebbe un po' di pace e di tranquillità."

La maggior parte dei disordini era provocata proprio da iniziative di zia Pearl. Metà della cittadinanza voleva bandire la mia zia piromane e sembrava che anche il nuovo sceriffo avesse qualche progetto in proposito. "Mi devi dire altro prima che lui arrivi?"

"No." L'occhio destro di zia Pearl ebbe uno scatto, segno certo che stava nascondendo qualcosa. Strega o no, non c'era magia che potesse nascondere il suo inganno.

"Sarà meglio che il segnale autostradale ritorni come nuovo, zia Pearl. Mi hai promesso che non avresti fanno niente di illegale."

"Non ti ho promesso niente del genere. Oltretutto, anche se l'avessi fatto, avevo le dita incrociate." Le braccia flaccide della zia tremolarono mentre agitava le mani in aria.

Alzai gli occhi al cielo. "Ne parleremo dopo."

"Vi ho interrotte?" Lo sceriffo Tyler Gates era sulla porta. Era difficile non notarlo, non che io volessi. I capelli neri ondulati sfioravano la cornice superiore della porta mentre stava fermo sulla soglia del mio ufficio. Il mio cuore perse un colpo quando incrociai i suoi occhi color cioccolato. All'improvviso Westwick Corners non sembrava più così noiosa, dopo tutto.

Restai immobile, paralizzata dal suo sorriso contagioso. Tesi la mano. "Sceriffo, grazie per essere passato. Benvenuto a Westwick Corners."

"Chiamami Tyler. Questo posto è troppo piccolo per essere formali." Prese la mia mano e la strinse.

Sentii un nodo alla gola quando ci guardammo negli occhi. "Spero ti piaccia, qui." Arrossii mentre restavo a fissare l'uomo più bello su cui avessi mai posato gli occhi.

Lo sceriffo passò con attenzione di fianco a zia Pearl. "Avevo in programma di passare più avanti in settimana, ma è successo qualcosa." Piegò la testa verso la zia.

"Sì?" L'uniforme gli aderiva al petto muscoloso nei punti giusti. "Se si tratta di zia Pearl, lei qualche volta esagera un pochino."

Mi sentii tirare la manica.

"Non parlare come se io non fossi nemmeno qui." Zia Pearl si sporse, mettendosi tra lo sceriffo e me. "È di questo che ero venuta a parlarti. Lo sceriffo…"

Mi venne da tossire sentendo l'odore dei fumi di benzina di mia zia. "Non ti tirerò fuori questa volta, zia Pearl. Se hai fatto qualcosa, ammettilo."

Mi girai verso Tyler. "Sono sicura che si può rimediare, qualunque cosa sia." Essendo l'unica giornalista della città volevo mantenere un buon rapporto con l'unico rappresentante della legge.

Già.

A parte essere un gran figo, Tyler Gates sembrava del tutto normale. In effetti, un po' troppo normale per Westwick Corners. Aveva circa la mia età, cosa insolita al confronto dei predecessori di mezza età che arrivavano qui solo come ultima fermata quando nessuno li avrebbe più voluti assumere. Ma il fatto che fosse qui, significava che Tyler Gates era merce avariata. Solo che i suoi difetti non erano visibili.

Tornai a rivolgermi alla zia. "Cos'hai fatto che non mi vuoi dire?"

"È quello che ho cercato di dirti, Cen. Ascoltare non è mai stata una delle tue caratteristiche migliori." Venne più vicina e sussurrò. "Ho dovuto usare un po' di magia."

La fissai con gli occhi spalancati.

"Hai dovuto usare cosa?" Lo sceriffo Gates corrugò la fronte e si chinò leggermente. "Non ho afferrato."

Il cuore quasi mi si fermò. Questo era un segreto che dovevamo mantenere.

"Un'accetta," dissi. "Ha usato un'accetta per tagliare il cartello. Non è quello che hai detto, zia Pearl?" Doveva trattarsi del dannato cartello. Non voleva lasciarlo stare.

La zia incendiaria alzò le spalle. Gli angoli della bocca si alzarono appena agli angoli, divertita dalla mia sgridata.

Lo sceriffo Gates sembrò confuso. "Il cartello è stato bruciato, non tagliato. Non riesco a seguirvi."

Lo allontanai con la mano. "Zia Pearl qualche volta si confonde."

"Non è vero!" Scattò in piedi la zia. "Sono sveglissima."

Le lanciai un'occhiataccia, poi sorrisi dolcemente allo sceriffo. "Non lo farà più, lo prometto."

Zia Pearl fece schioccare le dita verso lo sceriffo.

"Fare cosa?" Un decimo di secondo dopo rimase immobile in animazione sospesa.

"Zia Pearl! Togligli subito l'incantesimo!" Ero sbigottita da quella palese mancanza di rispetto per il nuovo sceriffo. "Stai parlando della mia magia! Quello che hai fatto è un abuso di potere."

Zia Pearl ammiccò facendo schioccare le dita due volte in rapida successione.

Lo sceriffo vacillò leggermente, poi ritrovò l'equilibrio mentre l'incantesimo lo lasciava.

"Non è mai troppo tardi per la giustizia." Lo sceriffo Gates ammiccò a sua volta verso la zia, il naso arricciato per i fumi. "Penso che questo posto mi piacerà proprio."

"Davvero?" Rispondemmo in coro.

"Ci puoi scommettere." Infilò la mano nella tasca della camicia ed estrasse un taccuino. Scarabocchiò qualcosa con la penna prima di strappare un foglio e passarlo a zia Pearl. "Meno di un giorno al lavoro e mi sto già guadagnando la pagnotta."

Il sorriso di zia Pearl svanì quando lesse il foglio. Lo gettò sulla mia scrivania. Era una multa di cinquecento dollari per danni alla proprietà pubblica.

Questo sceriffo faceva sul serio.

Già mi piaceva.

CAPITOLO 2

Una fresca brezza di tarda estate attenuava la calura. Guidavo con i finestrini aperti, godendomi l'aria.

L'estate è la mia stagione dell'anno preferita, ma adoro anche la promessa di nuovi e freschi inizi che porta l'autunno. E l'avvicinarsi dell'inizio della nuova stagione prometteva più di un nuovo inizio. La sera, l'inaugurazione del Westwick Corners Inn avrebbe dato il via alla nuova attività di famiglia e due settimane dopo ci sarebbe stato il mio matrimonio, occasione per aprire un nuovo capitolo della mia vita.

Invece di eccitazione, sentivo un peso sul petto. Avevo dato per scontato che avremmo avuto il "felici e contenti" come tutti gli altri. Ma era cambiato tutto quando, all'inizio dell'anno, Brayden era diventato il sindaco di Westwick Corners più giovane di tutti i tempi. La sua ambizione politica ora sembrava predominare ogni volta che eravamo insieme. Annullava continuamente i nostri appuntamenti per partecipare a un evento dopo l'altro. Io non ero tagliata per essere la moglie di un politico ma ormai sembrava troppo tardi per farci qualcosa.

Non avevo nemmeno qualcuno con cui parlare. Tutti i miei amici se ne erano andati dalla città subito dopo la fine della scuola superiore, per andare all'università o a lavorare a Seattle o più lontano ancora. In effetti, in qualunque posto che non fosse la piccola e noiosa Westwick Corners. Brayden e io eravamo gli unici della nostra classe a essere rimasti. Tutti gli altri in città erano sposati con bambini. I pochi rimasti single erano per lo più miei parenti. Le streghe non sono tanto per il matrimonio... ma sto divagando.

Probabilmente mi sarei trasferita anch'io se non fosse stato per Brayden. Avevo preso la mia decisione liberamente ma mi mancava il fatto di poter passare un po' di tempo con le amiche. Almeno, molte di loro le avrei viste di lì a qualche settimana, al mio matrimonio.

Guidai lungo la strada serpeggiante e fiancheggiata dagli alberi fino alla cima della collina. La nostra proprietà era più in alto della città, su una collina che dominava la vallata. Il Westwick Corners Inn era stata la casa di famiglia, una dimora imponente circondata da un vigneto e da un giardino all'italiana. Come tutti quanti in città, avevamo bisogno di guadagnarci da vivere e così, per sostenerci, avevamo deciso di trasformarla in una sorta di bed & breakfast di campagna.

La nostra proprietà appena ristrutturata sarebbe servita anche come location per il matrimonio. Brayden e io ci saremmo scambiati i voti nel gazebo in giardino. Le prove di oggi sarebbero state un rapido ripasso, più che altro per rassicurare quella perfezionista di mia madre che saremmo convolati a nozze senza schiantarci.

Parcheggiai e, mentre attraversavo il vialetto diretta al giardino, lanciai un'occhiata verso la locanda. Tra le dodici stanze erano presenti due suite al piano terra per la mamma e zia Pearl. Io vivevo in una casetta indipendente, sugli alberi nel retro della proprietà.

L'affascinante cottage arboricolo era stato costruito da mio nonno per mia nonna più di mezzo secolo prima. Potrebbe sembrare una casa da gioco per bambini, ma il mio nascondiglio era molto più di quello. 300 metri quadrati su due livelli, costruito dentro e intorno alla massiccia quercia che lo sorreggeva. Era il meglio di entrambi i mondi; vicino, ma non troppo, alla mia eccentrica famiglia. Mi sentivo triste all'idea di lasciarlo una volta che sarei andata a vivere con Brayden dopo il matrimonio.

Il mio cuore sprofondò quando mi fermai nel parcheggio e notai che la BMW di Brayden spiccava per la sua assenza. E la strada che saliva la collina e portava alla proprietà era completamente deserta. Mi infastidiva che Brayden non riuscisse nemmeno ad arrivare in tempo alle prove del matrimonio. Il suo ritardo faceva sprecare tempo agli altri e mi innervosiva doverlo sempre aspettare. Anche la mamma sarebbe stata scontenta di avere l'agenda sconvolta in un giorno così impegnativo. Non sopportavo di doverlo sempre scusare e temevo che avrebbe potuto essere in ritardo anche il giorno del matrimonio.

A dire il vero io ero in anticipo di qualche minuto, quindi ero forse un po' ingiusta nei suoi confronti. Attraversai il giardino all'italiana e inspirai il delicato profumo del percorso verso il gazebo. Il giardino era in piena fioritura, l'ambientazione perfetta per la cerimonia.

L'esterno della struttura era parzialmente coperto da diverse varietà di lussureggianti clematis rampicanti che si avvolgevano attorno alle colonne e fornivano in parte l'ombra. Larghi boccioli bianchi erano inframezzati da più piccoli fiori rosa a forma di stella e creavano un tappeto fiorito.

La mamma e zia Pearl erano già al gazebo; mi arrivarono le loro voci mentre mi avvicinavo. Erano fuori, mamma era indaffarata a riattaccare un rampicante che era riuscito a liberarsi mentre zia Pearl stava a guardare. Ero un po' sorpresa di vedere la zia, dato che non era una da perder tempo dietro a matrimoni e cose così. Probabilmente mamma l'aveva costretta ad accompagnarla solo per tenerla fuori dai pasticci.

Mamma alzò lo sguardo e mi fece un cenno con la mano mentre mi avvicinavo. Era bassa, come zia Pearl, ma qui finivano le somiglianze. Zia Pearl era pelle e ossa a confronto della figura piena della mamma, risultato di doppie e triple prove e assaggi in cucina. E oggi sembrava impegnata a spuntare la sua lista di cose da fare. L'inaugurazione della locanda, il mio matrimonio e la sua tendenza alla perfezione la stavano stressando. "Pensavamo fossi rimasta bloccata nel traffico o qualcosa del genere."

Non si era mai sentito parlare di ingorghi a Westwick Corners. Era il suo modo di fare: mi rimproverava di averla fatta aspettare evitando però lo scontro. Non diceva mai le cose direttamente, soprattutto non le cose negative. Teneva per sé le proprie emozioni e si agitava piuttosto che esprimersi e correre il rischio di offendere qualcuno. Era convinta che così non ci sarebbero stati problemi. L'aspetto negativo era che il mantenimento della pace le costava forti emicranie.

Mentre mi avvicinavo, notai goccioline di sudore sulla fronte di zia Pearl. Doveva stare macchinando qualcosa. Cosa, esattamente, non era chiaro ma avevo la sensazione che l'avrei scoperto presto. Come se i suoi esperimenti pirotecnici sul cartello stradale non avessero già procurato abbastanza fastidi.

Presi una lunga boccata d'aria e la incanalai verso la mia pace interiore. Non avrei reagito, qualunque cosa avesse combinato zia Pearl. Non appoggiava il mio matrimonio con il sindaco, anche se Brayden era il mio fidanzatino dai tempi della scuola e lei lo conosceva da anni. All'improvviso, rappresentava il sistema e lei lo riteneva responsabile di ogni regola che lei disapprovava.

Era stato chiaro che ci saremmo sposati molto prima che lui mi facesse la proposta. Tutti quelli della nostra classe se ne erano andati appena avevano potuto, così Brayden era rimasto praticamente l'unico single maschio in città che non percepiva una pensione sociale. A parte il nuovo sceriffo, ovviamente. Ma Tyler Gates non contava. Se ne sarebbe andato tra qualche mese, come tutti gli altri sceriffi prima di lui.

Zia Pearl e i rappresentanti della legge non andavano d'accordo. Lei aveva fatto scappare dalla città cinque o sei sceriffi come risultato diretto dei suoi scherzi. La sua magia e i problemi con le figure autoritarie erano una combinazione catastrofica per la legge e l'ordine. Almeno, fino a quel momento. Tornai con la mente al momento in cui, prima di pranzo, lo sceriffo Tyler Gates aveva dato una multa a zia Pearl. Quei caldi occhi marrone non avevano ceduto. Non era nemmeno di brutto aspetto.

"Cendrine!" Lo schiamazzo della zia spazzò via il ricordo. "Fai attenzione!"

Oh-oh. Era ancora arrabbiata con me.

Accelerai il passo.

"Sì?" Non avevo fatto niente, a parte prendere le parti dello sceriffo Gates sul punirla per la pirotecnia. Non riuscivo spesso a irritarla. Dovetti ammettere che mi dava un leggero senso di soddisfazione.

"Non ho a disposizione tutto il giorno. Porta qui il tuo culo," scattò zia Pearl. "Devo fare la parte di quel tuo fidanzato buono a nulla. I veri uomini non lasciano le loro donne ad aspettare all'altare. È un cattivo presagio. Io te lo ripeto spesso ma tu non ascolti. Faresti meglio a restare single."

"Tu vedi solo i lati negativi, non quelli positivi." Nonostante i suoi scatti, zia Pearl voleva davvero solo il meglio per me. Almeno questo era quello che mi ripetevo.

Sollevò un sopracciglio. "Non mi piace il suo lato positivo, né quello negativo né nessun altro lato. A nessuno di noi. Taglia la corda alle prove per il matrimonio? Dai, Cen. Piantalo finché puoi."

La mamma fece spallucce e alzò le mani al cielo mentre si metteva poco dietro zia Pearl.

La zia si rivolse alla mamma: "Ruby, avrai un genero buono a nulla."

"Su, Pearl, sono sicura che ha un buon motivo per essere in ritardo. E comunque, è Cen che lo deve sposare, non tu." Mamma si mise tra noi come l'arbitro di un incontro pugilistico. Non era semplice il compito di paciere in una famiglia di streghe dotate di forte personalità. "Brayden è già parte della famiglia, che ti piaccia o no. Ha alcune splendide qualità."

Come al solito, le parole della mamma ebbero un effetto calmante e sia io che la zia restammo in silenzio. Emisi un sospiro di sollievo. Superavo di una decina di chili la mia zia da quaranta-cinque chili, ma lei mi era superiore centinaia di volte in quanto a spirito, trucchi e magia. Non avevo possibilità.

"Dobbiamo finire, qui. I primi ospiti arriveranno tra meno di un'ora." Mamma si torse le mani mentre ci dirigevamo verso i gradini del gazebo.

"Brayden ha chiamato per dire che la riunione è andata un po' oltre il previsto. Sarà qui a minuti." Era una bugia ma era più semplice della verità.

"Usiamo un sostituto. Potrà prendere il suo posto quando arri-va," disse la mamma.

"Ma chi…?" Seguii il suo sguardo verso la mia irritabile zia. "Oh, no. Io non la sposo."

Mamma fece un gesto con la mano. "È solo una prova, Cen."

"Ma che senso ha fare le prove senza lo sposo? Non ne vedo il motivo."

"Non abbiamo tutto il giorno, Cendrine." Zia Pearl picchiettò l'orologio. "Ruby ha ragione. Ci sono cose da fare, posti dove andare. Volete che vi aiuti o no?"

Non volevo arrendermi ma avevano ragione. Brayden avrebbe dovuto essere lì e non c'era. Mi sentii patetica a inventare scuse per lui ma non volevo che zia Pearl lo disprezzasse ancora di più.

Mamma si intromise. "Basta creare problemi, Pearl. L'unico posto dove devi essere è proprio qui, ad aiutare Cen con le sue prove."

Tecnicamente non erano le mie prove, dal momento che la mia dolce metà e il celebrante non c'erano. Mamma aveva insistito per una prova pre-prova. L'assenza dello sposo serviva solo a irritare la sua sensibilità perfezionista.

Anch'io ero arrabbiata con Brayden. Che importa se era la prova di una prova. Al matrimonio mancavano poche settimane. Non contavo abbastanza per concedere la sua presenza fisica? Odiavo essere la sua seconda scelta rispetto all'agenda politica e alla scala sociale da salire.

"Ai vostri posti, signore." Mamma batté le mani e salì i gradini del gazebo. Io mi misi alle sue spalle e la seguii.

Lei si fermò alla fine delle scale e ci fece segno di entrare.

Io me ne accorsi appena. Avevo gli occhi fissi sulla strada ancora deserta, chiedendomi dove fosse Brayden. I secondi che seguirono furono confusi perché il mio piede urtò qualcosa di pesante e io inciampai e caddi indietro.

"Che diavolo?" Zia Pearl gridò e cadde su di me.

"Non riesco a respirare!" Quarantacinque chili di pelle e ossa mi schiacciavano il petto. Mi liberai le braccia e mi diedi da fare per sollevarmi. Ma ero inchiodata al suolo.

"Oh, mio Dio, è morto!" Urlò la mamma mentre tirava via zia Pearl da sopra di me. "C'è un corpo nel gazebo!"

Istintivamente mi girai, solo per trovarmi di fronte un cadavere insanguinato. Il volto di un morto era a pochi centimetri dal mio.

Urlai a mia volta e rotolai dalla parte opposta più velocemente che potei, urtando la parete del gazebo. Riuscii a mettermi in piedi e corsi all'angolo più lontano dove si riparavano Mamma e zia Pearl. Rimanemmo tutte a fissare la scena davanti a noi.

Un uomo obeso giaceva a pancia all'aria sul pavimento del gazebo. Il volto era talmente coperto di sangue che era irriconoscibile. Una pozza di sangue macchiava i vestiti e colava da sotto il corpo.

"Oh, porca paletta." Zia Pearl balbettò e si girò dall'altra parte. Dopo un secondo si girò di nuovo. "Non l'ho mai visto prima. Deve essere un forestiero."

Quando lo riconobbi, rimasi a bocca aperta. "Quello è Sebastien Plant della Travel Unraveled. Il nostro ospite VIP."

Zia Pearl si accucciò accanto al corpo cercando il respiro o il battito cardiaco. "Oh-oh."

Mamma annuì lentamente mentre si rendeva conto del fatto. "Non aveva nemmeno fatto il check-in."

"È più come se avesse fatto direttamente il check-out." Presi dalla tasca il cellulare e digitai il numero dello sceriffo. Avevamo bisogno di aiuto e in fretta.

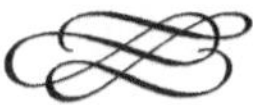

CAPITOLO 3

Dieci minuti dopo, aspettavamo fuori dal gazebo mentre lo sceriffo Tyler Gates ispezionava la scena del crimine. Mentre cercavo di elaborare la scomparsa di Sebastian Plant, mi resi conto che, oltre a quello appena dipartito, dovevamo ancora occuparci degli ospiti che aspettavamo. Guardai in basso il mio nuovissimo vestito di lino bianco, ora macchiato di sangue. Mi vennero i brividi pensando che, pochi minuti prima, stavo distesa vicino a un cadavere.

Mi avvicinai ai piedi delle scale e guardai all'interno. Lo sceriffo Gates girava attorno al corpo, immerso nei suoi pensieri. Aprii la bocca per parlare ma lo sceriffo mi precedette.

"Lo conoscevi?" Tyler Gates si inginocchiò di fianco al corpo di Sebastian Plant.

"Non personalmente. È Sebastian Plant, uno dei nostri ospiti," dissi. "O piuttosto, avrebbe dovuto esserlo. Avrebbe dovuto alloggiare da noi ma non aveva ancora fatto il check-in. Lui è, era, il presidente miliardario della Travel Unraveled, l'impero mondiale dei viaggi. L'avevamo invitato all'inaugurazione."

Mi girai per affrontare la mamma e zia Pearl che si erano avvicinate per poter vedere meglio. Sebastian Plant era disteso sulla schiena, la pancia prominente puntava verso l'altro come una balena spiaggiata.

Mamma si nascose il volto tra le mani. "È tutto rovinato. Nessuno vorrà mai più venire alla nostra locanda. Come possiamo salvare gli affari?"

"Rilassati," Pearl spostò rapidamente lo sguardo dal corpo sul pavimento. "Probabilmente ha avuto un attacco di cuore. Guardalo. Ovviamente non aveva molta cura di sé."

"Con tutto quel sangue?" Scossi la testa. "Non è un attacco di cuore." Sebastian Plant era decisamente obeso ma la sua testa insanguinata mi diceva che era morto per cause diverse da scelte di vita sbagliate.

"Come faccio a rilassarmi?" La voce della mamma interruppe i miei pensieri mentre mi si aggrappava al braccio per reggersi. "Quel povero, povero uomo. Non posso credere che abbia perso la vita nel nostro giardino."

"Scopriremo chi l'ha ucciso," disse zia Pearl. "Ma potete semplicemente dimenticarvi di questi stupidi piani per il turismo. Ora nessuno vorrà più venire qui."

"Non sappiamo ancora come è morto." A parte la testa insanguinata, aveva graffi sulle braccia e sul volto. A giudicare dalle ferite, aveva subito diversi colpi e aveva cercato di difendersi. Mi vennero i brividi al pensiero che tra noi c'era un killer.

La morte di Sebastian Plant era stata davvero tragica. Il tempismo era anche decisamente sbagliato per l'inaugurazione del Westwick Corner Inn. Mi allontanai di alcuni passi dal gazebo. "Lasciamo un po' di spazio allo sceriffo."

"Come faremo a tenere gli ospiti lontani dal gazebo?" Gli occhi di mamma schizzavano avanti e indietro tra me e il gazebo mentre si torceva le mani.

"Lo sceriffo deve avere in mente qualcosa. Sono sicura che ha avuto a che fare con storie di questo genere anche prima." Dato che le storie di questo genere erano una scena del crimine, cercavo di non lasciar trasparire le mie preoccupazioni. Avere ottenuto e perso l'attenzione del miliardario Sebastian Plant, il magnate dei viaggi viaggiatore, tutto nello spazio di una settimana, aveva provocato anche in me un'altalena di emozioni.

"Chi è l'assassino?" Gli occhi di zia Pearl si strizzavano. "Ci sono altre vittime?"

Lo sceriffo Gates scosse la testa uscendo dal gazebo. "Non ho sentito parlare di nessun'altra morte. Non sapremo la causa ufficiale della morte finché i tecnici della scientifica non avranno esaminato la scena e il medico legale avrà fatto l'autopsia. Ho chiamato la polizia di Shady Creek per aiutarmi."

Shady Creek era a un'ora di distanza. Era sorta all'improvviso ai piedi delle colline circa vent'anni prima ed era cresciuta rapidamente da quando l'autostrada aveva cambiato percorso allontanandosi da Westwick Corners. Mentre gli affari di Westwick Corners si esaurivano, noi ci affidavamo sempre più a Shady Creek per cose come cure mediche, processi e qualunque cosa andasse oltre i servizi di base della polizia.

"Proprio un esperto. È evidente che è un omicidio." La voce di zia Pearl era piatta, come se avesse un secondo fine.

Lo sceriffo sospirò. "Non posso fare commenti sulla causa della morte ma è certamente sospetta. Solo il medico legale ci può dire cos'è successo davvero, quindi cerchiamo di non trarre le conclusioni."

Mentre lo sceriffo consolava la mamma, io mi ero avvicinata a lui e sbirciavo all'interno del gazebo. Ora che avevo superato lo choc iniziale, volevo vedere meglio.

Il corpo di Sebastian Plant era disteso come una natura morta surreale con le decorazioni floreali per il matrimonio e le clematis in fiore avvinghiate ai pali e alle ringhiere tutto intorno. La testa ferita e sanguinante sembrava uscita da una rissa da bar finita male. Comunque fosse morto, non era per cause naturali.

Spalancai la bocca all'improvviso, mentre un brivido mi correva lungo la schiena. La bacchetta magica di zia Pearl era sul petto di Sebastian Plant. Doveva esserle caduta e probabilmente l'aveva dimenticata in mezzo alla confusione. Ma non ricordavo che zia Pearl avesse mai dimenticato niente, soprattutto non la bacchetta magica che teneva sempre al suo fianco.

Non c'era bisogno di un genio per capire che la morte di Sebastian Plant era il risultato di un trauma seguito al colpo di un corpo contundente. La bacchetta magica di zia Pearl sul suo petto era certamente sospetta. Perché non l'aveva presa?

Le prove erano incriminanti, ma si potevano spiegare. La bacchetta probabilmente le era sfuggita di mano quando era inciampata e caduta; non ricordavo che ce l'avesse quando ero arrivata al gazebo, ma doveva averla avuta. Era successo tutto così in fretta che il ricordo era un po' confuso.

Ero più preoccupata del fatto che zia Pearl volesse prendersi la colpa per spiegare cos'era successo, che sarebbe stato ancora peggio. Il nuovo sceriffo non era a conoscenza delle nostre capacità soprannaturali. Ed era meglio per tutti se le cose fossero rimaste così.

Guardai verso zia Pearl che rapidamente abbassò gli occhi. Non sembrava preoccupata del fatto che la sua bacchetta magica fosse sul petto di un uomo morto. In ogni caso, era troppo tardi per recuperarla. Guardai di nuovo verso la bacchetta e notai per la prima volta che aveva la punta sporca di sangue. Anche lo sceriffo lo notò, proprio nel momento in cui gli passavo vicino.

"Non allontanarti," disse lo sceriffo Tyler Gates. "Abbiamo bisogno di delimitare la scena del crimine."

Un quadrato bianco attirò la mia attenzione. "Cos'è quello?" Indicai il foglietto di carta accuratamente piegato che stava vicino al corpo. All'inizio non l'avevo notato. "L'assassino ha lasciato un biglietto."

Lo sceriffo mi passò accanto veloce e si diresse verso il gazebo. Si inginocchiò di fianco al cadavere. Sollevò il biglietto con le pinze e lo aprì con attenzione.

Io lo seguii. Salii lentamente le scale in modo da non attirare la sua attenzione. Rimasi vicino all'ingresso e lo guardai aprire con cautela il foglio con la parte finale di gomma di una matita. Si preoccupava di non toccare niente a parte gli angoli, anche se indossava i guanti.

"Forse l'assassino voleva solo spaventarlo, non ucciderlo." Mi avvicinai e mi accucciai vicino al cadavere per vederlo da vicino.

"Non dovresti farlo." Lo sceriffo fece cenno di allontanarmi. "In questo modo contamini le prove."

"Penso di averlo già fatto." Mi vennero i brividi al pensiero che ero caduta sopra al nostro ospite recentemente dipartito proprio qualche minuto prima.

"Non leggi il biglietto?" Morivo dalla curiosità di sapere cosa diceva. Spostai la mia testa di lato e in silenzio lessi il messaggio.

Le lettere maiuscole erano scritte con un pennarello nero a punta fine. La scrittura era pulita e regolare, come un esercizio di scrittura di un bambino. Il messaggio era chiaro, tanto quanto era precisa la scrittura:

THOUGH YOU TRAVEL FAR and wide,
  You'd be best to run and hide,
  Your business was built on travel,
  But it is here that you become unravelled,

YOU HAVE no business staying here,
  Not to taste our food, nor drink our beer

LEAVE WESTWICK CORNERS ALONE,
  And while you still can, go back home.

HANDS off our town and land
  If you do not,
  You will be caught
  And never ever walk this earth again.

. . .

(Per quanto tu viaggi lontano,
  ti si addice di più il nascondino,
  sui viaggi i tuoi affari hai costruito,
  ma è qui che il tuo mistero viene scoperto.

Per te qui non c'è niente da fare,
  il nostro cibo non devi assaggiare, né la nostra birra bere.

Westwick Corners lascia stare,
  e, finché puoi, a casa devi tornare.

Via le mani dalla nostra città e dalle nostre lande
  se non lo fai,
  preso sarai
  e mai più su questa terra camminerai.)

"Una poesia," zia Pearl arrivò danzando al mio fianco. "Ed è anche bella."

La zia Pearl raramente faceva complimenti. Nonostante il tono giocoso, il messaggio era serio. La poesia in versi era una minaccia diretta a Sebastian Plant e alla sua società, Travel Unraveled.

"Perché avvisare una vittima che è già morta?" Non potevo pensare a nessuno del posto che fosse capace di uccidere o, per quel che vale, a nessuno al di fuori della mia famiglia che potesse conoscere il nostro ospite importante. "Ci sono altri modi di scacciare la gente dalla città."

"Non c'è il nastro giallo della polizia," fece notare zia Pearl.

Lui sospirò. "L'intero gazebo è scena del crimine. Ora per

favore allontanatevi prima di contaminare le prove." Ripiegò con cura il foglietto e lo infilò in una busta di plastica.

"Ma noi eravamo già qui dentro." Zia Pearl appoggiò le mani sui fianchi. "Sei sicuro di sapere cosa stai facendo, sceriffo?"

Appoggiai una mano sulla spalla di mia zia e la guidai alle scale. Le strizzai la spalla mentre le sussurravo nell'orecchio. "Potresti smetterla, per favore? Stai facendo una pessima impressione."

"Che differenza fa? Tra un mese se ne sarà andato. Anche i turisti non torneranno. Almeno da questo fatto arriverà qualcosa di buono." Borbottò qualcos'altro che io non riuscii a sentire.

Seguii zia Pearl giù per le scale nel giardino. "Uccidere gli ospiti è un sistema piuttosto estremo per evitare il turismo ma Sebastian Plant è famoso. Potrebbe anche attirare più turisti."

"Non essere ridicola." Zia Pearl spalancò gli occhi. "Nessuno vorrà più venire qui. È pericoloso."

"L'omicidio di Plant porterà montagne di pubblicità, zia Pearl. Il gazebo potrebbe anche finire con il diventare qualche sorta di tempio. Sebastian Plant è, o meglio, era una celebrità. I suoi fan più accaniti vorranno organizzare pellegrinaggi alla sua ultima dimora." Plant era enormemente famoso, aveva una serie televisiva trasmessa su diversi canali, una rivista e dei video. Io non ci credevo davvero, ma forse zia Pearl sì. Tanto per cambiare, stavo usando con lei un po' di psicologia inversa.

"Quell'uomo non è ancora freddo e tu stai già pensando di sfruttarlo per fare soldi?" Sbuffò zia Pearl. "Hai il cuore di ghiaccio, Cendrine."

"Westwick Corners non è Graceland, ma capisco come la pubblicità del nostro ospite importante possa essere più efficace con lui morto piuttosto che vivo. In un modo o nell'altro, mette Westwick Corners sulla mappa." Mi girai verso zia Pearl. "Non hai dimenticato la bacchetta magica nel gazebo?"

Lei aggrottò la fronte ma non disse niente. I suoi occhi incontrarono i miei per un secondo prima che si girasse da un'altra parte e facesse finta di non avermi sentita.

Lo sceriffo Gates scese le scale e ci raggiunse all'esterno. "Non voglio che parliate di quello che avete visto lì dentro." Indicò il gazebo. "Soprattutto non del biglietto o dell'arma del delitto."

Lo sceriffo pensava che la bacchetta di zia Pearl fosse l'arma del delitto? Non era bello. Il suo volto regolare non tradiva alcuna emozione e supposi facesse tutto parte dell'atteggiamento professionale dell'essere un poliziotto. Non potei evitare di chiedermi se si fosse già pentito di essere venuto a Westwick Corners. Come unico sceriffo, avrebbe avuto da fare.

"Magari è rimasto ucciso in un incidente," disse zia Pearl. "Questo spiegherebbe il biglietto. Non si minaccia qualcuno con un biglietto e poi subito dopo lo si uccide. Non avrebbe senso."

"Forse il biglietto è stato lasciato come avvertimento per la moglie," disse la mamma. "Anche Tonya Plant fa parte della Travel Unraveled. L'assassino voleva che se ne andassero entrambi."

Lo sceriffo Gates annuì. "L'assassino può essere uno del posto che non voleva che i Plant venissero qui. E, parlando di lei, dov'è la moglie?"

Feci spallucce. "Non lo so. Non avevamo idea di quando dovessero arrivare. Non si erano ancora registrati." L'inaugurazione ufficiale era quel giorno e i primi ospiti erano attesi a momenti.

"Ma chi può fare una cosa del genere?" La mamma spalancò gli occhi quando notò per la prima volta il mio vestito macchiato di sangue.

"La maggior parte delle persone del posto è d'accordo con i piani turistici ma non tutti. D'altra parte nessuno di noi è capace di uccidere." Guardai con insistenza verso mia zia che mi ignorò.

"Le persone possono fare cose esagerate quando si sentono minacciate." Lo sceriffo Gates si alzò e indicò verso la locanda. "Dovreste andare tutti dentro. Ma non lasciate la proprietà. Io dovrò interrogarvi di non appena lascerò il gazebo in mano ai tecnici della Scientifica."

"Non riesco ancora a capire," disse zia Pearl. "Perché minacciare Plant se è già morto?"

Un brivido mi percorse la schiena. La bacchetta magica, il biglietto e tutto il resto puntavano verso la mia irascibile zia. Se era così evidente per me, lo sarebbe stato anche per lo sceriffo.

Mi feci una nota mentale di chiedere alla mamma dove fosse stata Pearl prima di arrivare al gazebo. Sapevo che non era capace di uccidere ma certamente era capace di mettersi nei guai. Di certo non aveva fatto una buona impressione al primo incontro con lo sceriffo, così più informazioni fossimo riuscite a raccogliere prima che lo sceriffo la interrogasse, meglio sarebbe stato. Le indagini avrebbero potuto facilmente prendere la direzione sbagliata a causa delle sue osservazioni maliziose. Dovevamo elaborare una strategia.

Seguii la mamma e zia Pearl. Mentre attraversavamo il giardino, diedi un'occhiata verso il parcheggio. Non c'era ancora segno dei rinforzi che lo sceriffo aveva chiamato da Shady Creek. Probabilmente sarebbero arrivati e avrebbero fatto la loro indagine dopo cena. Dato che era tardo pomeriggio, dovevamo preparare un piano per mantenere la scena del crimine nascosta e fuori dalla vista. E per tenere gli ospiti lontani dal giardino.

Mi girai verso la mamma. "La sola idea che ci sia un assassino tra di noi fa venire i brividi. Perché qualcuno dovrebbe voler scacciare la gente dalla nostra città?"

La zia Pearl tossicchiò. "Io devo andare." Si allontanò, dirigendosi a passi rapidi verso la locanda. Scomparve all'interno dell'edificio passando dal seminterrato.

La mamma spalancò gli occhi e mi guardò. "Sarà meglio che la segua."

Io guardai di nuovo verso il gazebo, dove lo sceriffo Gates restava in piedi con le braccia incrociate. La sua testa si girò e seguì il percorso della zia attraverso il giardino. Aggrottò la fronte quando lei accelerò il passo.

Il fatto che zia Pearl avesse lasciato la sua bacchetta magica mi impensieriva. Sembrava che non se ne preoccupasse, anche se non se ne separava mai. Camminava più veloce di quanto io avessi mai visto qualcuno camminare, secondo me con evidente uso di magia. Non dava certo l'idea della fragile donnina anziana che faceva finta di essere in città. E questo faceva presagire problemi.

Controllai l'orologio, mi sorpresi di vedere che era passata più di un'ora da quando ero arrivata al gazebo. Non c'era ancora alcuna traccia di Brayden. Poteva aver saputo in qualche modo dell'assassinio di Plant, oppure aveva completamente dimenticato la nostra prova delle tre. Qualunque fosse la ragione, il mio futuro marito non si preoccupava di farsi vedere né per le prove del matrimonio né per confortarmi.

CAPITOLO 4

"Aspetta, non andartene ancora." La voce profonda dello sceriffo Tyler Gates attraversò il silenzio.

Il mio cuore si fermò mentre alzavo lo sguardo verso i suoi occhi marroni. Il polso accelerò e per un attimo dimenticai di essere sulla scena del delitto.

Arrossii sentendo che mi guardava. A cosa stavo pensando?

Mi girai e camminai lentamente verso il gazebo. Lo seguii all'interno.

Lui indicò il corpo di Plant. "Tu l'hai già visto, vero?"

Il mio viso doveva mostrare chiaramente lo shock. Annuii lentamente, ancora senza capire perché la bacchetta magica di zia Pearl fosse nel gazebo. Sapevo che non l'aveva dimenticata dato che non la abbandonava mai. Tornai indietro con la mente alla sua rapida uscita. Era un po' come se stesse scappando da qualcosa.

Ma non era quello che mi preoccupava di più. La punta della stella di filigrana a cinque punte era scura di sangue coagulato. Lo sceriffo puntò la luce della torcia sulla bacchetta, cosa assolutamente inutile dato che era pomeriggio e il sole splendente non creava ombre all'interno del gazebo.

Le macchie di sangue erano chiaramente visibili. "Appartiene a zia Pearl." Guardai verso la locanda.

"Che cos'è? Sembra un pezzo di bastone per le tende o qualcosa del genere."

Era vero che la stella in cima alla bacchetta assomigliava a qualcuna di quelle finiture che vendevano da Walmart, ma la bacchetta di zia Pearl era molto più pericolosa di un bastone da tenda. Ancora di più ora, dato che sembrava essere stata utilizzata per un assassinio.

"È il suo mmm… bastone." Le punte della stella erano molto appuntite, ma non al punto da infliggere il danno che vedevo davanti a me e zia Pearl non era abbastanza forte da fare una cosa del genere. Almeno non senza la magia.

Oltretutto aveva paura del sangue.

"Non sapevo ne usasse uno."

Aprii la bocca ma non ne uscirono parole.

Doveva esserci una spiegazione logica, anche se la stessa zia Pearl sfuggiva la logica. Avevo bisogno di parlarle prima dello sceriffo. So che può sembrare poco corretto, ma dovevamo nascondere la nostra magia a tutti i costi o avremmo visto ben presto un altro sceriffo lasciare la città. Qualcosa mi diceva che la zia Pearl stava per superare un limite che avrebbe cambiato le cose per sempre.

I nostri poteri magici dovevano restare segreti. Era fondamentale perché potessimo continuare a vivere a Westwick Corners. Ovviamente la zia Pearl lo sapeva, ma aveva la tendenza ad agire prima, e poi coprire le tracce.

"Mi sembra piuttosto agile," disse lo sceriffo. "È evidente che non ha bisogno di un bastone."

Guardammo entrambi zia Pearl e mamma camminare a passo rapido verso la porta della cucina della locanda e sparire all'interno.

"Pearl si muoveva abbastanza bene da sola, sull'autostrada, questa mattina." Tyler Gates aggrottò le sopracciglia. "Ho dovuto accelerare per raggiungerla. Non avrei mai creduto che avesse bisogno di un bastone."

"Ogni tanto ha degli attacchi di reumatismi."

"Davvero?" I suoi occhi marroni mi studiarono. "Avrei detto che fosse piuttosto sciolta."

Io annuii. Odiavo mentire, ma non avevo scelta finché non avessi scoperto esattamente come mai la bacchetta di mia zia si era allontanata dalla sua padrona. Lei non girava mai senza. Era forse tornata sulla scena del crimine per recuperarla? Questo significava che lei sapeva dov'era. Non che questo facesse di lei un'assassina, e comunque rimaneva da spiegare perché fosse sporca di sangue.

Tornai con la mente alla scena. La testa e il volto di Sebastian Plant erano coperti da tanto sangue che non si potevano determinare le dimensioni della ferita. Era difficile immaginare che la bacchetta di mia zia potesse fare un tale danno. Rabbrividii ripensando al volto coperto di sangue. "Non penso che la sua bacc... intendo bastone... fosse abbastanza appuntito da far uscire sangue, figuriamoci uccidere qualcuno."

"Saresti sorpresa di scoprire cosa riesce a fare la gente sull'onda dell'entusiasmo." Lo sceriffo sembrava dubbioso anche mentre lo diceva.

"La zia Pearl è irascibile, ma non è un'assassina. Non penserai davvero..."

"Non importa quello che penso io. Il medico legale determinerà la causa della morte. È inutile parlarne prima di avere il suo rapporto."

"Ma c'è una spiegazione logica a tutto questo."

Fece un gesto con il braccio per indicare di lasciar perdere. "Ho solo una domanda. Perché il bastone di Pearl era sul corpo di Sebastian Plant?"

Io aggrottai la fronte. "Zia Pearl e io siamo inciampate sul suo corpo." Il mio commento implicava che lei avesse la bacchetta nel momento in cui eravamo cadute, e io non cercai di correggermi. Ero invece abbastanza sicura che non l'avesse. In caso contrario, l'avrebbe di sicuro usata per darmi dei colpetti. Non volevo depistare un'indagine per assassinio, ma non volevo nemmeno incriminare mia zia. "Non è possibile che tu pensi che zia Pearl abbia qualcosa a che fare con questo..."

"Io vado dove i fatti mi portano. In questo momento portano a Pearl. Almeno finché non risponderà alle mie domande."

Il volto dello sceriffo Gates rimase senza espressione e non riuscii a capire se fosse serio o no. Ritornai al commento che zia Pearl aveva fatto in precedenza sul fatto che lo sceriffo fosse corrotto. Non mi aveva dato un motivo, ma se ci fosse stato qualche fondamento di verità? Se voleva risolvere il caso rapidamente avrebbe potuto con facilità incastrare mia zia. Non attiravamo esattamente i migliori elementi del corpo di polizia, per cui era possibile che ci fosse qualcosa di sbagliato in lui. C'era sempre qualcosa di sbagliato in chiunque si trasferiva a Westwick Corners. O nascondevano qualcosa del loro passato o si nascondevano da qualcuno.

Indicai la bacchetta di zia Pearl. "Quella non è abbastanza appuntita per far uscire del sangue, figuriamoci uccidere qualcuno. A me sembra innocua." Dal punto di vista magico era esattamente l'opposto. Nelle mani sbagliate, quella bacchetta era terribilmente pericolosa. Ma lo sceriffo non sapeva che eravamo streghe e io non gliel'avrei detto.

Mentre fissavo la bacchetta magica ebbi una rivelazione. La zia Pearl non poteva aver ucciso Sebastian Plant. Mi ricordai di quando qualche mese prima si era tagliata un dito ed era svenuta. Mia zia, dura come il ferro, era spaventata a morte dal sangue.

Ero sicura di una cosa. Non so come o perché ma qualcun altro era responsabile del sangue sulla bacchetta di zia Pearl.

L'avrei scoperto a ogni costo.

CAPITOLO 5

Mi diressi in cucina, dove mia mamma guardava stupefatta zia Pearl che si dava da fare per mettere insieme, letteralmente, un'insalata per la cena. Almeno, per una volta, stava usando la magia in modo costruttivo, anche se mi sorprese la confusione che era riuscita a creare in pochi minuti.

Colsi un cespo di lattuga a mezz'aria e lo appoggiai sul bancone. "Dobbiamo parlare."

"Sono impegnata, Cen. Dovrai aspettare." Fece schioccare le dita e tagliò alla julienne un vassoio di carote.

"Ti manca qualcosa?" Chiesi.

"Mmm, carote, pomodori, cetrioli… no, non credo."

"Mi riferivo alla tua bacchetta. Perché l'hai lasciata al gazebo?" Considerato che teneva sempre la bacchetta al suo fianco la stava stranamente trascurando.

"Non ho tempo di parlare ora. Dobbiamo preparare la cena per gli ospiti." La zia era in piedi vicino all'isola in mezzo alla nostra grande cucina professionale. Il piano di acciaio, prima lucente, ora era coperto di macchie secche e resti di vegetali. La cucina era l'unico posto della locanda che era stato ristrutturato in modo serio. Ci avevamo investito molto ed era l'orgoglio e la gioia della mamma. Ma in quel momento era un gran casino.

L'ambiente immacolato si era trasformato in un'epicurea terra di nessuno. Il bancone era coperto di pile di piatti, pentole sporche riempivano il lavandino e l'aria umida era satura di odore di bruciato. Quello era il problema della magia. In pochi minuti si poteva creare un disastro. O la magia di zia Pearl era sfuggita al controllo oppure la zia aveva parecchio per cui sfogarsi.

"Qualche minuto fa volevi che tutti gli ospiti se ne andassero," dissi.

"Beh, ora sono qui. Dobbiamo dar loro da mangiare." La zia Pearl si asciugò il sudore dalla fronte con un braccio coperto di farina. La mamma si fece avanti e si accigliò. "Era già tutto pronto, Pearl. Stai solo facendo una gran confusione."

"Pensavo che non ci fosse abbastanza da mangiare, così ho cucinato qualcos'altro." La zia fece il muso come un bambino rimproverato.

Annuii verso la mamma. "Tu occupati del cibo e io mi occupo di zia Pearl."

"Nessuno si 'occupa' di me, Cendrine. Soprattutto non tu."

"Ascoltami, zia Pearl. Sebastian Plant è appena stato assassinato e la tua bacchetta era appoggiata sul suo petto. Come è arrivata lì?"

Zia Pearl spalancò la bocca. "Ecco dov'era la mia bacchetta."

"Non fare la stupida con me. Tu l'hai vista nel gazebo proprio come me. Perché l'hai lasciata lì?"

"Non sono stata io! Qualcuno l'ha rubata." Alzò le braccia al cielo. "Non posso prendere qualcosa dalla scena del crimine e lasciare le mie impronte dappertutto. Potrei essere incastrata!"

"Ma è la tua bacchetta. Ci sono già sopra le tue impronte."

"Non starò qui ad ascoltare le tue accuse." Zia Pearl si tolse il grembiule e lo lanciò in aria. Atterrò sul fornello e iniziò a fare fumo non appena lei si girò e si diresse a grandi passi verso la porta.

Tolsi il grembiule dal fuoco e lo gettai sul pavimento. Ci saltai sopra e spensi le braci prima di correre dietro a mia zia. "Aspetta, zia Pearl! Nessuno ti accusa di niente. Dobbiamo solo sapere cos'è successo davvero, in modo da non esporci." Sperai che non si sarebbe inventata una delle sue solite storie. Volevo solo la verità. Perché non rispondeva alla mia domanda?

"Allora, Cen. Io sono tante cose, ma non un'esibizionista."

Mi irritò. "Sai cosa intendo. La gente non deve scoprire che siamo streghe, soprattutto non durante un'indagine per omicidio."

"Io proprio non capisco come mai la mia bacchetta abbia qualcosa a che fare con tutto questo. Non sono un'assassina." Tirò su con il naso e scacciò lacrime immaginarie.

"Questo lo sappiamo, Pearl," disse la mamma. "Ma le indagini potrebbero essere dirette nella direzione sbagliata se noi non diciamo la verità allo sceriffo. Più tempo passa a indagare su di te, meno tempo gli resta per trovare il vero assassino. E nel frattempo l'assassino resta libero. Prima riescono a catturarlo, meglio è per tutti noi."

Questo sembrò convincere zia Pearl. "Lo sceriffo Gates ce l'ha con me. Non voglio essere incastrata."

Mi resi conto che essere in una città piccola come la nostra era un colpo di fortuna. Lo sceriffo era da solo, e non era in grado di separarci per gli interrogatori. Avevamo la possibilità di decidere la nostra storia prima che arrivassero i rinforzi da Shady Creek. Sembrava disonesto, ma era vitale che la nostra magia restasse nascosta.

"Allora aiutaci," la pregò la mamma. "Racconta tutto quello che sai, quello che dirai allo sceriffo Gates."

"Non c'è molto da dire, a parte il modo in cui lo abbiamo trovato nel gazebo." La zia Pearl incrociò il mio sguardo e annuì verso la mamma. "Ruby e io siamo andate lì insieme qualche minuto prima del tuo arrivo, Cen. Io questo l'ho già detto allo sceriffo."

Non mi ero accorta che lei avesse parlato con lo sceriffo, ma probabilmente ero troppo preoccupata per notarlo. "Ti ha chiesto qualcos'altro?"

Zia Pearl scosse la testa. "Ha detto che avrebbe potuto farmi altre domande più avanti. Che razza di sceriffo. Non ha nemmeno chiesto il mio DNA."

"Grazie a Dio," disse la mamma. "Io spero davvero che abbia una traccia. Chi avrebbe potuto osare uccidere la cosa migliore per il turismo che questa città abbia mai visto?"

Io ero abbastanza sicura che lo sceriffo non aveva ancora nessun sospetto. Nemmeno streghe con i capelli d'argento.

Zia Pearl si schiarì la gola. "Non riesco a immaginare chi possa essere stato."

Provai a pensare a una lista di persone del posto in grado di creare problemi. Non c'erano molti crimini nella nostra piccola città e di sicuro niente di violento. Tutte le prove puntavano chiaramente verso la persona in piedi vicino a me. La zia Pearl era la prima della lista di quelli che creavano problemi. Era capace di un sacco di cose, ma l'omicidio non era tra queste.

La zia sembrò indovinare cosa stavo pensando. "Certo che no, piccolina. Anche se devo ammettere che non riesco a pensare a un modo migliore per tenere per sempre lontani i visitatori."

"Pearl!" La mamma scosse la testa. "Non parlare così, ci manca solo che qualcuno ti senta e interpreti male le tue parole."

"Perché qualcuno dovrebbe pensare che l'abbia ucciso io? Non lo conoscevo nemmeno."

"Talvolta le persone saltano alle conclusioni." La mamma fece spallucce. "Se tu hai un alibi, non hai niente di cui preoccuparti. C'è qualcuno che può testimoniare dov'eri, giusto?"

Io mi girai verso la mamma. "Non era con te?"

La voce di mamma era spezzata. "Penso sia meglio che Pearl parli per sé."

Questo lasciava presagire problemi. La mamma non lasciava mai che Pearl si spiegasse da sola se poteva evitarlo.

"Devo andare." Zia Pearl si girò e se ne andò dalla porta sul retro prima che io o la mamma potessimo dire un'altra parola.

La mamma sospirò. "Non è più lei, Cen. Ho paura di quello che può fare. Una volta che si mette in testa qualcosa, non c'è modo di fermarla."

La crociata anti-turisti di zia Pearl spaventava anche me. Aveva spinto le sue intenzioni troppo oltre oppure qualcuno l'aveva incastrata. Ma chi avrebbe fatto una cosa del genere?

CAPITOLO 6

Zia Pearl ritornò veloce come se n'era andata, senza fornire alcuna spiegazione. Restò in silenzio a guardare me che pulivo i resti di lattuga e la mamma che spostava l'insalata in grossi contenitori di vetro per servirla. Grazie a zia Pearl, avevamo abbastanza verdure per nutrire una fattoria di conigli per un anno.

"Vado di sopra a pulire." La zia Pearl si girò e si diresse alla porta.

"Ora?" La mamma la fissò.

Io e la mamma ci scambiammo occhiate preoccupate. La zia Pearl ignorò la mamma e si chiuse la porta alle spalle sbattendola.

I miei sensi di ragno formicolavano al pensiero di zia Pearl che andava di sopra da sola, così la seguii fuori dalla cucina, restando abbastanza indietro perché lei non si accorgesse della mia presenza. Salì le grandi scale di legno verso le stanze degli ospiti al secondo e terzo piano.

Aspettai quando ebbe raggiunto il pianerottolo del secondo piano prima di salire le scale. Sobbalzai perché le scale scricchiolavano, ma zia Pearl sembrò non notarlo. Raggiunsi il secondo piano e la seguii a distanza di sicurezza lungo il corridoio. Si fermò davanti alla stanza di Tonya Plant, ed estrasse dalla tasca un gigantesco anello di chiavi.

Il carrello di zia Pearl con l'occorrente per le pulizie era già parcheggiato nel corridoio all'esterno della camera, ma io dubitavo che nei suoi progetti ci fosse qualcosa che riguardava la pulizia. Dovevo fermarla prima che si mettesse ancora più nei guai.

"Zia Pearl, cosa stai facendo?" Il mio sussurro sembrò più un suono raschiante.

"Pulisco la stanza di Tonya, naturalmente." Si girò per affrontarmi. "Tra l'altro, sei una sporca spiona. Mi sono accorta subito che mi stavi seguendo."

Ignorai l'insulto. "Perché vuoi pulire la stanza dei Plant? Sono appena arrivati." E il povero Sebastian Plant se n'era anche già andato.

Zia Pearl scosse la testa. "No, li ho registrati questa mattina presto."

Spalancai la bocca. "Perché non l'hai detto allo sceriffo? Non hai mai corretto la mamma quando diceva che non erano ancora arrivati."

Lei alzò le spalle. "Non è importante. Non volevo che Ruby sembrasse una stupida di fronte allo sceriffo."

"È una cosa estremamente importante. E poi, da quando ti preoccupi dei sentimenti degli altri?" Stava mentendo e io lo sapevo. "Tu stai cercando di nascondere qualcosa."

"Ok, forse un pochino. Ho dimenticato di compilare tutte le carte per la registrazione e non volevo che Ruby si arrabbiasse con me. I Plant sono arrivati verso l'una di questa mattina. Sebastian era parecchio ubriaco e riusciva a malapena a stare in piedi, così gli ho dato rapidamente la stanza. Li ho accolti proprio io." L'anello di chiavi di zia Pearl tintinnò mentre lei apriva la porta di Tonya Plant. Indossò un paio di guanti di gomma presi dal carrello per le pulizie e, mentre li indossava, li fece schioccare.

"Avresti dovuto dire qualcosa. Se lo sceriffo l'avesse saputo, sono sicura che avrebbe voluto ispezionare questa stanza. È una potenziale scena del crimine. Stai ferma qui mentre vado a chiamarlo."

"Oh, rilassati, Cendrine. Lo sceriffo Gates non l'ha ancora dichiarata scena del crimine, e non lo farà mai a meno che noi non lo aiutiamo a trovare le prove. Non lo scoprirà mai da solo, il che significa che non controllerà mai questa stanza in tempo. Dipende tutto da noi." Mi passò un paio di guanti. "Indossali. Non abbiamo tutto il giorno."

"No, aspetta." Mi spaventava a morte pensare a "zia Pearl" e "scena del crimine" nella stessa frase. Non si poteva mai dire cosa sarebbe potuto andare storto. "È uno sbaglio. Devi smetterla di occuparti tu di tutto come stai facendo."

"Smetti di piagnucolare e mettiti al lavoro. Svuota il cestino."

La stretta da criminale di zia Pearl mi prese il braccio e mi spinse dentro la stanza. Sobbalzai per il dolore ma feci quello che mi veniva detto. Non avevo scelta. Voci di ospiti che si avvicinavano echeggiarono nella hall. Non potevano sentirci discutere.

"Questa è una pessima idea." Mi infilai i guanti e mi guardai intorno nella stanza. Sembrava disabitata a parte il letto sfatto, dove sembrava a malapena che avessero dormito. Il bagaglio della coppia era nell'armadio non aperto. Su un comodino c'erano un bicchiere mezzo pieno di limonata, le chiavi dell'auto e un portafoglio mentre una borsa di Walmart vuota era sulla scrivania. A parte quello, la stanza era pulita.

Niente indicava la dipartita di uno degli occupanti. L'unica cosa strana era il cestino della spazzatura pieno, fatto curioso dato che i Plant erano appena arrivati. Sollevai il cestino e lo svuotai in un grande sacco per la spazzatura. A parte diversi fazzolettini, nel cestino c'erano una bottiglia di Gatorade mezza vuota e un contenitore di plastica da mezzo litro. Chiusi il sacco con un nodo, e decisi di tenerlo separato dall'altra spazzatura nel caso lo sceriffo più tardi volesse dare un'occhiata.

Zia Pearl attirò la mia attenzione. "Guarda cosa ho trovato." Indicò la scrivania senza parole.

Girai intorno al letto per vedere che cosa stava osservando e mi venne quasi un colpo.

Il mio disagio per il fatto di essere nella stanza di Tonya Plant sparì all'istante quando vidi i piani di sviluppo e lo studio di fattibilità sulla scrivania. Riconobbi il logo della Centralex Development. Centralex era la più grande agenzia immobiliare di proprietà commerciali nell'area nord-ovest del Pacifico. Di fianco ai progetti c'erano dei rendering di un mega resort, un hotel e un centro conferenze. La scrittura maiuscola e ordinata indicava Westwick Resort e non lasciava dubbi su dove fosse la località cui si riferiva.

Le fotografie aeree e i diagrammi erano chiaramente della nostra proprietà. Il rendering architetturale mostrava edifici di 20 piani con piscine, un campo da golf e giardini. Il Westwick Corner Inn non si vedeva da nessuna parte.

"Ora mi credi?"

Annuii, intontita dallo shock. Qualcuno si era impegnato in maniera considerevole con tempo e soldi per sviluppare progetti che sembravano comprendere il radere al suolo il nostro edificio storico. Erano così sicuri del loro progetto che avevano assunto architetti e progettisti che probabilmente costavano decine di migliaia di dollari, eppure non avevano ancora parlato con noi, i proprietari. Sembrava una cosa rischiosa. Era anche piuttosto subdolo da parte dei Plant alloggiare nella nostra locanda mentre stavano progettando di portarcela via.

Mi pentivo seriamente di averli invitati. Il fu Sebastian Plant ora sembrava più un nemico che un amico. Mi chiesi in che tempi aveva in mente di realizzare il progetto. Il suo assassinio assumeva una dimensione completamente nuova, ora che il vero motivo del suo arrivo a Westwick Corners era diventato chiaro. Mi vennero i brividi al pensiero che fossimo collegati, anche se in modo tenue, ai suoi ultimi momenti sulla Terra.

"Il progresso è un'arma a doppio taglio," disse zia Pearl. "Qualche volta è meglio essere invisibili e ignorati."

Quel giorno era la prima volta che eravamo d'accordo su qualcosa. "Andiamo a cercare lo sceriffo," dissi.

Qualche settimana prima non riuscivamo nemmeno a trovare ospiti paganti. Ora gli ospiti erano pronti a portarci via gli affari. Lo desideravano così tanto da uccidere?

CAPITOLO 7

Lo sceriffo Gates consegnò ai tecnici della Scientifica la stanza di Tonya perché fosse esaminata, cosa che Tonya non prese molto bene. Era infuriata perché non poteva tornare nel suo alloggio. La locanda era al completo, quindi non potevamo nemmeno offrirle un'altra sistemazione per il tempo che sarebbe occorso agli investigatori per l'ispezione. La sua unica possibilità era starsene buona nella sala da pranzo.

Io avevo ceduto allo sceriffo la borsa con la spazzatura della stanza dei Plant e lui aveva passato anche quella ai tecnici della Scientifica.

Desideravo aver ignorato gli ordini di zia Pearl e chiamato lo sceriffo immediatamente. Con i guanti o senza, le cose che avevamo toccato in quella stanza erano diventate potenziali indizi.

Almeno i piani della Centralex non erano più un segreto e Tonya non poteva far finta di godersi la nostra ospitalità mentre in realtà complottava per radere al suolo la locanda. Il suo inganno non sembrava infastidirla. A dire il vero niente sembrava poterlo fare.

Sedeva nella stanza da pranzo con una fetta esagerata di torta al cioccolato e un bicchiere di vino rosso. Sembrava godersela un po' troppo, considerato che aveva appena perso il marito.

Lo sceriffo promise a Tonya che le avrebbe restituito la stanza subito dopo cena e per me non sarebbe mai stato abbastanza presto. Almeno non avrei dovuto affrontare lei e la sua falsa gentilezza. Prima se ne andava meglio era, per quanto mi riguardava.

Un piccolo locale che dava sul salotto principale della locanda era stato adibito dallo sceriffo a provvisoria stanza per gli interrogatori. Avevamo progettato il salotto principale come area confortevole per il relax degli ospiti, ma in quel momento, nell'attesa del mio turno, mi sentivo solo raggelata.

Ero ansiosa di chiedere allo sceriffo notizie sui progetti immobiliari trovati nella stanza di Tonya, se potevano o meno essere collegati all'assassinio. Forse Tonya aveva già ammesso il vero motivo per cui erano venuti a Westwick Corners, anche se ne dubitavo. Non sembrava il tipo da offrire spontaneamente informazioni.

La poltrona vicino alla finestra in cui ero seduta mi dava una posizione di vantaggio sull'andirivieni dei nostri ospiti. La maggior parte si stava rilassando in attesa della cena e alcuni si erano anche diretti al *Witching Post*, il nostro bar allestito in un edificio separato, per un aperitivo. Fortunatamente, il bar era collocato al lato opposto della locanda e da lì il gazebo e i giardini non erano visibili. Speravo che la polizia avrebbe limitato le proprie attività all'area del giardino.

La mia posizione di vedetta mi consentiva anche di correre fuori e reindirizzare ogni ospite che si dirigeva verso i giardini e il gazebo. In nessun caso avrebbero dovuto scoprire che c'era stato un omicidio a pochi passi da dove alloggiavano.

Erano passate solo poche ore dalla nostra macabra scoperta, ma sembrava un'eternità. Lo sceriffo era rimasto di guardia alla scena del crimine, o alle scene, dato che ora vi era inclusa anche la stanza di Tonya, fino all'arrivo degli investigatori della Scientifica di Shady Creek. Ora che li aveva istruiti, si stava concentrando sugli interrogatori dei testimoni. Tra i quali io, naturalmente, Mamma e zia Pearl.

Lo sceriffo Gates aveva interrogato per prima Mamma, in modo che poi fosse libera di occuparsi degli ospiti per la cena. Poi era toccato a zia Pearl. Io ero stata sorpresa ma avevo anche gradito che l'interrogatorio di mia zia fosse durato non più di cinque minuti.

Lo sceriffo poi era sparito per una veloce telefonata, che io supponevo fosse diretta agli investigatori sulla scena. Non ero riuscita a parlare né con zia Pearl né con la mamma dopo gli interrogatori. Speravo solo che zia Pearl non avesse detto niente di sconveniente o incriminate.

Sorrisi quando lui tornò e si sedette di fronte a me. "Spero che si possa risolvere rapidamente."

"Faremo del nostro meglio."

"Possiamo restare qui? Vorrei tenere d'occhio gli ospiti."

Lui annuì.

Guardai fuori dalla finestra sul davanti e mi allarmai vedendo il furgoncino bianco degli investigatori di Shady Creek parcheggiato vicino all'ingresso principale. Lo stemma della polizia di Shady Creek era ben visibile. Lo stesso valeva per la scritta nera più sotto, che indicava *Squadra Scientifica*. Il furgone del medico legale, anch'esso bianco, era parcheggiato di fianco all'altro.

Cosa avrei potuto dire se gli ospiti li avessero notati e avessero fatto domande? L'ultima cosa di cui avevamo bisogno era una scenata. Almeno non c'erano giornalisti, anche perché il mio giornale era l'unico in città. La morte di Plant era un evento abbastanza importante per attirare l'attenzione dei reporter di Shady Creek, ma io speravo che la notte e l'inizio del weekend avrebbero ritardato ogni notizia almeno fino al giorno successivo, quando avremmo potuto avere più risposte.

Tyler seguì il mio sguardo. "Si sono dovuti avvicinare per le attrezzature. Puoi dire che si sono fermati a pranzo al *Witching Post* se qualcuno fa domande."

"Buona idea." Forse avrei dovuto farlo subito, dato che una

berlina nera scintillante si era appena fermata nel parcheggio. Una coppia era scesa dall'auto e aveva scaricato i bagagli. I due, con i loro bagagli, avevano superato a fatica i furgoncini del medico legale e della Scientifica, e sembrava che non li avessero notati. Questo almeno era un buon segno.

"Ora, raccontami nei dettagli tutto quello che è successo, in ordine, fino al momento in cui avete scoperto il corpo." Era facile perdersi nei caldi occhi marrone di Tyler Gates. Troppo facile. Mi sforzai di concentrarmi su quanto mi era stato chiesto.

Raccontai i fatti, tralasciando la discussione con zia Pearl. "Eravamo al punto di prendere i nostri posti quando abbiamo trovato il corpo." Sembrava che lui mi stesse chiedendo in continuazione le stesse cose. Poi mi resi conto che forse era una tattica di interrogatorio.

Rabbrividii nel momento in cui mi resi conto della situazione. Mi trovavo nel mezzo dell'evento più importante mai accaduto a Westwick Corners e invece di essere lì per fare uno scoop dovevo sottostare all'interrogatorio per un vero crimine. Non sapevo se venivo considerata una testimone, un sospetto o entrambi. Tutto quello che sapevo era che il mio coinvolgimento mi impediva seriamente di avere tutta la storia come giornalista.

"Hai qualche idea del perché i Plant hanno scelto come destinazione per le vacanze Westwick Corners? Questa città non è esattamente la Riviera francese."

Il commento di Tyler Gates normalmente avrebbe avuto il mio supporto ma in qualche modo lo faceva suonare come se non fosse colpa nostra se eravamo una piccola cittadina di provincia.

"Li abbiamo invitati circa sei mesi fa," dissi. "Non ci hanno mai risposto, quindi avevo dato per scontato che non fossero interessati. Non avrei proprio mai pensato che avrebbero potuto accettare il nostro invito. Ma alla fine l'hanno fatto. All'improvviso, solo due settimane fa, senza spiegare perché ci avevano messo tanto."

"Capisco." Sulle sue labbra comparve un leggero sorriso

mentre prendeva appunti. "Dimmi quello che sai di Sebastian Plant."

"Niente di più di quello che sa la maggior parte della gente. Ha fondato la Travel Unraveled e quindi è un miliardario che si è fatto da sé. Noi speravamo che vedesse il potenziale del Westwick Corners Inn e magari ci facesse partecipare al suo show televisivo." Gli raccontai dei progetti nella stanza di Plant. "Non stavamo ficcando il naso ma non abbiamo potuto evitare di vederli perché erano in bella mostra sulla scrivania. Tutto quello che volevamo era un po' di pubblicità, non che ci portassero via l'attività da sotto i piedi."

"Sei sicura che nessuno della tua famiglia abbia parlato di questo con loro? Magari qualcuno ha fatto una proposta?"

Scossi la testa. "Assolutamente sicura. Abbiamo passato mesi a ristrutturare. Non abbiamo investito soldi e sudore perché nostra locanda venisse poi abbattuta e sostituita da qualche mostruosità di cemento." Saltai in piedi quando vidi due uomini vestiti di Tyvek tirare fuori una barella dal furgone del medico legale. "Spero che non abbiano intenzione di portare il corpo attraverso il prato e il parcheggio davanti agli occhi di tutti gli ospiti."

"Temo che non ci siano alternative." Mi fece segno di sedermi di nuovo. "Vai avanti con la tua storia."

Acconsentii. "Non c'è molto altro da dire. A questo punto è ovvio il perché i Plant hanno accettato il nostro invito. Hanno messo gli occhi sulla nostra proprietà."

"Hanno fatto un'offerta?"

"No, non ancora. Suppongo che l'assassinio di Sebastian, la notte scorsa, abbia cambiato i loro piani. In ogni caso noi non vendiamo."

"Mmmm."

"Pensi che quei progetti in qualche modo siano legati all'omicidio?"

"Può essere."

"Che disastro." Mi passai le dita tra i capelli. "Ora avremo un sacco di pubblicità ma del tipo sbagliato. Nessuno vuole fare le vacanze in un posto dove qualcuno è stato ucciso."

"La gente dimentica, alla fine."

"No, da queste parti no." Tra l'incendio di zia Pearl e l'assassinio di Sebastian Plant, la percentuale di crimini a Westwick Corners era schizzata alle stelle in meno di un giorno. La nostra città stava rapidamente scendendo verso l'illegalità e io ero spaventata da quello che sarebbe potuto succedere.

Raccontai allo sceriffo tutto quello che sapevo, compreso dov'ero stata a partire dalla mattina fino al mio arrivo al gazebo nel primo pomeriggio. "Non c'è altro che ti posso dire, se non che siamo letteralmente inciampate sul corpo di Sebastian Plant." Mi vennero i brividi ricordando come ero caduta sul suo corpo soffice ma stranamente rigido.

Lo sceriffo rimase in silenzio per altri minuti mentre scriveva nel suo taccuino.

Più tempo lo sceriffo Gates trascorreva su questa indagine e alla locanda, più sarebbe stato probabile che scoprisse il nostro segreto di famiglia. Al momento, ignorava il fatto che eravamo streghe e io volevo che continuasse così. Questo non mi dava altra scelta se non darmi da fare nell'indagine per chiarire il caso il più presto possibile.

"Sebastian Plant e la moglie Tonya sarebbero dovuti arrivare ora. Ma penso che zia Pearl ti abbia detto che in realtà sono arrivati all'una di mattina e lei stessa li ha registrati."

Gli occhi di Tyler Gates si strinsero. "Non me ne ha parlato. Qualcos'altro?"

Mi allontanai una ciocca di capelli dagli occhi. "Da quanto è morto?"

Fece spallucce. "Lo determinerà il medico legale, ma immagino almeno qualche ora prima del vostro ritrovamento. È probabile che sia successo nella mattina, prima di mezzogiorno."

"Di certo qualcuno lo avrà visto intorno alla proprietà." Rimpiansi di aver detto queste parole non appena mi uscirono dalla bocca. Dov'era stata mia zia prima dell'arrivo al mio ufficio quella mattina non si sapeva, e lei sembrava essere l'unica a conoscenza del fatto che i Plant erano arrivati. "Qualche altra traccia?"

"Al momento non rilasciamo alcuna informazione." I suoi caldi occhi marrone si raffreddarono all'improvviso. "So che vuoi una storia, ma ora non ti posso dare nessun dettaglio."

"Proprio niente?" L'assassinio di Sebastian Plant era solo il secondo omicidio nella storia di Westwick Corners e il primo della mia vita. Era il grande scoop che aspettavo da tempo, l'evento più importante nella storia recente. Era molto più di una vicenda locale, dato che la vittima era un famoso magnate e una celebrità. Avrei voluto pubblicare la notizia prima del *Shady Creek Tattler*.

Scosse la testa. "Mi dispiace, non ancora."

"Va bene. Ma fammi sapere se posso essere utile in qualche modo." Non avevo intenzione di restare in disparte. Mentre lui conduceva la sua indagine ufficiale, io avrei portato avanti la mia non ufficiale. Mi venivano i brividi al pensiero che era stato commesso un assassinio sulla nostra proprietà e volevo che il caso fosse risolto rapidamente.

Lo sceriffo rimise a posto il taccuino nella giacca e si alzò. "Tornerò da te se avrò altre domande."

"Mi piacerebbe intervistarti per il giornale, in ogni caso."

"Sai dove trovarmi." Sorrise e, anche se non volevo, gli sorrisi anch'io.

CAPITOLO 8

Dopo aver aiutato la mamma a sistemare la confusione creata da zia Pearl in cucina, tornai nella sala da pranzo, che si stava riempiendo di ospiti. Lo sceriffo Tyler Gates era ancora lì, con il suo taccuino e dei fogli sparsi su un tavolo di fianco a una tazza di caffè.

Mi preoccupai che gli ospiti si potessero chiedere perché lo sceriffo stava lì. La finestra panoramica alle sue spalle incorniciava una bella vista del parcheggio dove erano ancora visibili i veicoli della polizia di Shady Creek. Avevo sperato che i tecnici della Scientifica sarebbero stati rapidi e discreti, ma non sembrava così.

I miei occhi incrociarono quelli dello sceriffo, che mi fece segno di avvicinarmi.

Sentii una fitta di colpa. Quello che io consideravo un disastro e un evento sconveniente era la fine della vita del povero Sebastian Plant. Non lo avevo mai conosciuto di persona e all'improvviso mi chiesi dove fosse Tonya Plant. Il tavolo cui era stata seduta era vuoto ma dubitavo che la polizia avesse già finito con la sua stanza. Lo sceriffo Gates doveva già averla interrogata. Chissà dov'era andata.

Guardai fuori mentre sedevo di fronte a lui. Nel parcheggio non c'era ancora traccia dell'auto di Brayden e cominciai a preoccuparmi, dato che non aveva nemmeno chiamato. E se gli fosse successo qualcosa? Dopo aver finito con lo sceriffo avrei cercato di rintracciarlo.

Riportai la mia attenzione su Tyler Gates. Anche se aveva fatto del suo meglio per rimanere impassibile, mi sembrò di cogliere una traccia di preoccupazione.

"Raccontami di nuovo quello che è successo. Cosa stavi facendo esattamente nel gazebo?"

"Una prova per il matrimonio." I miei occhi furono catturati dal suo sguardo marrone cioccolato. Cercai di guardare altrove ma erano gli occhi più caldi che avessi mai visto e ne ero attratta. Non potevo evitarlo. Ero rimasta incantata, anche se mi stava interrogando.

Mi sentii colpevole perché provavo desiderio per un uomo che non era il mio fidanzato.

Continuai con la gola strozzata. "Il mio."

"Ah-ha." Lo sceriffo Tyler Gates scribacchiò sul suo taccuino. "Bene, quindi tu, Pearl, Ruby e Brayden eravate nel gazebo. Qualcun altro?"

"Oh, no." Arrossii. "Brayden non c'era."

Tyler Gates restò a bocca aperta. "Lo sposo non era presente alle prove del suo matrimonio?"

"Era in ritardo."

"Capisco." Scrisse qualcosa nel taccuino. "A che ora è arrivato al gazebo?"

"Non è arrivato." In quel momento, per la prima volta, mi venne in mente che, essendo il sindaco, Brayden era di fatto il capo di Tyler Gates. Di sicuro lo sceriffo sapeva che Brayden non c'era. Non era stato al gazebo e la sua auto non era nel parcheggio

Tyler Gates alzò le sopracciglia.

"Non si è mai presentato alle prove del matrimonio." In un certo senso mi sentii vendicata. Qualcun altro che non ero io metteva in dubbio il senso delle priorità di Brayden. Questo comunque non mi evitava il malessere: agli occhi di Brayden valevo meno di un impegno in municipio.

"Interessante." Scrisse qualcosa nel taccuino.

Mi vennero in mente altre parole ma non erano nemmeno lontanamente così educate.

"So cosa può sembrare, sceriffo Gates. Ma la sua riunione è durata più a lungo del previsto e..." La voce mi rimase in gola mentre mi rendevo conto della gravità della situazione. "Lui è il sindaco. Farebbe brutta impressione se lasciasse la riunione prima del termine."

Alzò gli occhi dal taccuino e mi osservò ma non disse niente. Come tecnica di interrogatorio era molto efficace, almeno con me.

"A quale riunione partecipava?"

"Penso alla riunione settimanale sul crimine." Il mio volto arrossì.

Lo sceriffo Gates prese qualche altro appunto. E gli angoli della sua bocca si sollevarono appena verso l'alto. "Intendi l'incontro settimanale sul controllo del crimine? È stato annullato stamattina."

"Ah." È ovvio che Tyler Gates doveva sapere di una riunione cui dovevano partecipare sia il sindaco che lo sceriffo. Brayden mi aveva mentito. Arrossii di rabbia e imbarazzo.

Ma se la riunione era stata annullata, perché Brayden non era venuto?

La traccia di un sorriso comparve sulle labbra di Tyler Gates. Nemmeno lo sceriffo mi prendeva sul serio. Dovevo ammettere che sembravo stupida anche a me stessa. Era proprio il caso di pretendere un chiarimento da Brayden.

La sua espressione si addolcì leggermente. "Sono sicuro che Brayden ha avuto un impegno imprevisto. Puoi chiamarmi Tyler. Questa città è troppo piccola per usare qualcosa di diverso dal nome proprio."

Non volevo accampare scuse per Brayden ma pensai che le mie parole avevano bisogno di una spiegazione. Non volevo che lo sceriffo avesse l'impressione che il mio fidanzato semplicemente mi trascurava. "In effetti non era la prova finale. Mia madre Ruby è un po' perfezionista. Questa era una prova preliminare." Non giustificava l'assenza di Brayden ma era una distinzione importante.

"Capisco."

Non pensai che avesse capito. "La mamma si preoccupa di tutto. Una prova preliminare assicura che tutto proceda senza intoppi."

"Non è decisamente il vostro caso. Quando è il matrimonio?"

"Tra due settimane." Controllai l'orologio. "Sceriffo, voglio dire Tyler, la festa di inaugurazione della locanda è tra un'ora, proprio quando serviamo la cena. So che questa è una scena del crimine eccetera, ma hai idea di quando le indagini qui saranno terminate?"

Tyler si morsicò il labbro inferiore mentre rifletteva sulla situazione. "Cerca di tenere i tuoi ospiti lontano dal giardino per le prossime due ore. A quel punto il medico legale e i tecnici della Scientifica dovrebbero aver terminato. Ho già chiesto loro di essere discreti."

Si alzò. "Un'altra cosa. Avrò altre domande da fare a te e alla tua famiglia dopo l'incontro con gli investigatori di Shady Creek. Avrò bisogno di parlare con te, Pearl e Ruby, dato che voi avete scoperto il corpo. Ti chiamerò più tardi."

Questo mi dava il tempo di cercare di cavare qualcosa di sensato da zia Pearl. Il fatto che lo sceriffo non la tenesse sotto controllo mi faceva pensare che non la considerasse un sospetto. Ma, trattandosi di Pearl, c'era sempre il rischio che dicesse qualcosa di incriminante.

CAPITOLO 9

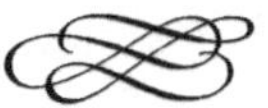

*D*opo la cena, indirizzammo gli ospiti verso il *Witching Post* per i drink serali. Speravamo che questo li avrebbe tenuti occupati fino al calare dell'oscurità e alla fine delle indagini della polizia al gazebo. Prima la polizia finiva di raccogliere le prove, meglio era. Mi preoccupavo che gli ospiti potessero passeggiare intorno alla locanda dato che dopo cena in città non c'era molto da fare. Sarebbe stato terribile se fossero capitati sulla scena del delitto.

Erano le sette di sera quando terminammo di pulire i tavoli e lavare i piatti. Uscii all'esterno e fui sollevata nel vedere vuoti i parcheggi dove prima stavano i furgoncini del medico legale e della polizia di Shady Creek. Non c'era più nemmeno il SUV dello sceriffo Gates e il suo posto era stato preso dalla berlina BMW nero lucente di Brayden.

Ero sollevata e arrabbiata allo stesso tempo. Brayden ormai doveva aver sentito dell'omicidio e comunque non aveva né chiamato né cercato di contattarmi per sentire come stavo. Anche il suo lavoro come barman part-time aveva una priorità più alta rispetto alla mia sicurezza e al mio benessere.

Il mio cuore fece un salto mentre, guardando verso il giardino, notai che il nastro giallo della scena del crimine era ancora avvolto intorno al gazebo. Mi feci una nota mentale di chiamare lo sceriffo per chiedere se poteva essere rimosso prima della mattina.

Avevo la sensazione che la mia vita fosse completamente cambiata nel giro di una giornata. Avevamo aperto la nostra locanda dopo mesi di duro lavoro solo per trovarci ad affrontare il tragico omicidio di un ospite e la possibile rovina finanziaria. Avevo fatto le prove di matrimonio senza lo sposo e il fatto di dover spiegare allo sceriffo Gates l'assenza di Brayden mi aveva fatto ripensare all'opportunità di sposarci e alla nostra relazione. Il matrimonio non avrebbe dovuto essere secondo a niente, ma così sembrava essere nel mondo di Brayden. Non sarei mai stata al primo posto.

E poi c'era Tyler Gates. Ero stata colta alla sprovvista dalla mia attrazione per lui. A parte il suo sguardo, sentivo che c'era qualcosa di più profondo, qualcosa che non avevo mai provato con Brayden. Una cosa stupida, dato che non lo conoscevo nemmeno.

Mi ritrovai a sperare che si sarebbe trattenuto per un po' e non solo per mantenere la legge e l'ordine. E se lo avesse fatto?

Zia Pearl aveva ragione su una cosa. Se non mi fosse importato abbastanza da voler cambiare le cose, niente sarebbe cambiato. Lei si riferiva al fatto che dovevo usare la magia ma il pensiero si adattava a ogni aspetto della mia vita, compresa la vita amorosa. Io ero responsabile della mia felicità e dipendeva da me cambiare la mia vita. Mi incamminai verso il *Witching Post*, persa nei miei pensieri.

Il bar era aperto da diversi anni ma non faceva molti affari. Volevo assicurarmi che i nostri ospiti si stessero divertendo ma volevo anche dire due parole a Brayden. Aveva ripensato alla nostra relazione. Più ci pensavo, più mi arrabbiavo.

L'edificio che ospitava il bar era un po' distante dal vialetto circolare di accesso alla locanda. Attraversai questo spazio apprezzando la fresca aria serale. Una leggera brezza soffiava dalle colline e si sentiva il torrente gorgogliare a una cinquantina di metri. Madre Natura non era al corrente dei tragici eventi di poche ore prima.

Stare all'aperto sembrò darmi una nuova prospettiva sulle stravaganze di zia Pearl. Non era contenta che ci fossero intrusi nella sua città ma con il tempo l'avrebbe superato. Dovevamo solo riuscire a coinvolgerla, in modo che non creasse troppi problemi ai nostri visitatori. Avremmo potuto usare con cautela il nostro talento per aiutare lo sceriffo a risolvere l'omicidio di Sebastian Plant. Se fossi riuscita a tenere sott'occhio zia Pearl, avrei evitato che peggiorasse la situazione.

Era sembrata intrigata dal biglietto trovato sul corpo; forse mi avrebbe potuta aiutare a decifrarlo. Il testo mi aveva colpita e l'avevo memorizzato perché sembrava scritto da uno del posto, o forse da qualcuno che voleva sembrare del posto. Mi sentii una stretta alla gola mentre ricordavo i versi. Li potevo visualizzare chiaramente e mi ricordavo che descrivevano esattamente i sentimenti di zia Pearl:

THOUGH YOU TRAVEL FAR and wide,
   You'd be best to run and hide,
   Your business was built on travel,
   But it is here that you become unravelled,

YOU HAVE no business staying here,
   Not to taste our food, nor drink our beer

LEAVE WESTWICK CORNERS ALONE,
   And while you still can, go back home.

. . .

Hands off our town and land
  If you do not,
  You will be caught
  And never ever walk this earth again.

LA MINACCIA SEMBRAVA DIRETTA a Sebastian Plant ma, come aveva sottolineato zia Pearl poco prima, non c'era motivo di minacciare qualcuno già morto, supponendo che l'assassinio fosse premeditato. Il testo avrebbe dovuto spaventare Tonya Plant? Se era così, puntava verso qualcuno che si opponeva allo sviluppo di Westwick Corners.

A parte che nessuno tranne zia Pearl e me era a conoscenza dei progetti segreti dei Plant. Io li avevo visti solo dopo l'omicidio. Supponevo che lo stesso valesse per zia Pearl.

Forse, invece di essere una traccia, il biglietto doveva depistare le indagini.

Mi fermai e visualizzai il testo. Non avevo riflettuto prima sul fatto che sul biglietto era stato scritto 'unravelled' con due elle: poteva essere la grafia inglese o un errore, che per noi era molto poco comune. Questo poteva provare che il biglietto era stato lasciato da un estraneo, qualcuno non americano, per gettare la colpa su qualcuno del posto, come zia Pearl. La stessa persona aveva di sicuro sporcato la sua bacchetta di sangue. Comunque, non avevo prove e, senza quelle, la mia teoria sembrava un po' campata in aria, come se io stessi cercando un modo per scagionare mia zia. Ma come potevo arrivare alla verità se zia Pearl non collaborava?

Scossi la testa e mi diressi al bar. Dall'esterno si sentivano le voci e questo sollevò il mio umore. Speravo che la festa di inaugurazione del Westwick Corners Inn avrebbe portato parecchi nuovi affari al *Witching Post Bar & Grill*.

Non rimasi delusa. Non solo al bar ferveva l'attività ma c'erano ormai solo posti in piedi. Alcuni abitanti del luogo si erano arrampicati su per la collina per partecipare. Ufficialmente erano venuti a mostrare il loro supporto per la nuova attività ma in realtà erano alla ricerca di pettegolezzi sugli ospiti di fuori città.

Nel migliore dei casi, non succedeva molto a Westwick Corners ma la gente del posto sembrava stranamente ignorare l'omicidio. Ero grata allo sceriffo Gates e alla polizia di Shady Creek per la loro discrezione. A parte la polizia, solo zia Pearl, Mamma e io ne eravamo al corrente. Volevo che le cose restassero così, almeno per stasera, mentre i miei compaesani si mescolavano agli ospiti paganti.

Volevo anche pubblicare la storia nel *Westwick Corners Weekly*. Non capitava spesso che avessi uno scoop del genere a parte le voci di corridoio. Entro il giorno successivo forse ci sarebbero stati più dettagli e qualche indizio. Qualunque informazione fosse scappata prima di quel momento avrebbe solo spaventato gli ospiti, li avrebbe fatti scappare e avrebbe rovinato la reputazione della locanda.

Dato che il *Witching Post* era uno dei due ristoranti locali e l'unico bar in città, nei fine-settimana c'era sempre una discreta folla. Ma quella sera era più di quanto avessi mai visto, il locale era pieno. Con tutta probabilità, i guadagni ci avrebbero aiutati a pagare le bollette per un mese o anche più.

Notai Brayden dietro il bancone. La maggior parte della gente del posto doveva avere più di un lavoro per arrivare a fine mese e Brayden non faceva eccezione. Lavorava al bar nei weekend. Fui sollevata nel vederlo impegnato a soddisfare le richieste dei clienti ma delusa per il fatto che prendeva il suo lavoro part-time più seriamente di me. Ero ancora furiosa per la sua assenza nel pomeriggio ma almeno non dovevo prendere il suo posto come barista.

"Cen!" Brayden mi fece un cenno e sfoderò il suo brillante sorriso. "Dobbiamo parlare."

Certo che dovevamo, anche se immaginavo che gli argomenti sarebbero stati diversi. "Non ti sei presentato alle prove del tuo matrimonio, Brayden. Come hai potuto?"

"Cavolo, Cen, lasciami respirare. È successo qualcosa di importante e non ho potuto lasciare il municipio." Alzò le spalle.

"Non è così grave, no? La vera prova del matrimonio è tra qualche giorno." Si girò e salutò due contadini del posto seduti all'altra estremità del bancone.

"Tu pensi che sia tutto solo un bel gioco, non è vero?" Il mio volto arrossì mentre cercavo di mantenermi fredda.

"Certo che no." Allungò un braccio e mi strinse. "È solo che tu e tua mamma tendete a esagerare nell'organizzazione."

"Tendo a esagerare?" In caso contrario non sarebbe successo mai niente dato che Brayden non organizzava niente. Dovevo fare tutto io. Forse esageravo nel compensare la spontaneità di Brayden dato che sembrava che i suoi progetti non riuscissero mai a realizzarsi. Era un sognatore, non una persona pratica. "Tu non fai altro che partecipare. Ti rendi conto di quanto lavoro c'è dietro l'organizzazione di un matrimonio?"

"Rilassati, Cen. Apprezzo tutto quello che fai, ma due prove sono un po' troppo. Ho solo pensato che quella preliminare non fosse così importante."

"È stata una cosa importante. Il nostro ospite VIP, Sebastian Plant, è stato ucciso nel gazebo. Avresti potuto essere d'aiuto se fossi arrivato qualche ora prima." Almeno avevamo scoperto noi il cadavere e non un ospite.

"Ma non avrei comunque potuto evitare l'omicidio, Cen. Ho saputo tutto dallo sceriffo Gates. È arrivato presto, no?" Brayden posò un sottobicchiere e un bicchiere di rosso *Witching Hour* davanti a me.

Fissai il bicchiere, conscia del fatto che Brayden stava cercando di farsi perdonare. Di solito preferiva che io non bevessi alcolici, ora che era sindaco. Ma a me piaceva il vino. Era evidente che stava cercando di appianare le cose per evitare una discussione.

"Certo, ma avresti potuto darci una mano a gestire la situazione. Un cadavere non è certo una bella scoperta, il giorno dell'inaugurazione." Ripensai all'incontro con lo sceriffo Tyler Gates e sentii uno sfarfallio nel petto. La sua costituzione asciutta e muscolosa e quegli occhi marrone…

"Cen?"

"Eh?"

"Sono arrivato appena ho potuto."

"Eri in ritardo di almeno tre ore. Da quando le riunioni al municipio vanno oltre le 7:30 del pomeriggio?" Non aspettai la sua risposta. "E cos'è più importante di un omicidio a casa della tua fidanzata?"

Fece spallucce. "Traffico dell'ora di punta."

"Quale traffico? Tutti quelli della città erano già qui. Tranne te." Il traffico a Westwick Corners non esisteva, soprattutto da quando zia Pearl aveva bruciato l'insegna dell'autostrada che ci rendeva visibili a chi passava. L'assenza di Brayden aveva solo peggiorato la mia inquietudine sul matrimonio e mi aveva fatto riconsiderare la nostra relazione. Per la prima volta mi ero resa conto che, se anche Brayden mi amava, per lui sarei sempre stata seconda, a una buona distanza dai suoi progetti e dalle sue ambizioni. Mi considerava più una spalla che una partner. Non me n'ero resa conto fino a quel momento.

"Cen, dai. Mica posso lasciare il mio lavoro ogni volta che tua madre decide."

"Ma ce l'ha chiesto settimane fa. Hai promesso che ci saresti stato." Gli inviti per il matrimonio erano stati spediti, il menù preparato e l'evento organizzato. Annullare o rimandare il matrimonio avrebbe distrutto Brayden. Lui era molto popolare come sindaco, quindi in città si sarebbero probabilmente rivoltati tutti contro di me. D'altra parte non potevo vivere una bugia. Com'era possibile che un uomo che avevo conosciuto meno di ventiquattro ore prima mi provocasse tali dubbi sul mio futuro?

"Avevo una riunione a Shady Creek, ok? C'era molto traffico in autostrada, ma ora sono qui." Sogghignò e si girò per riempire due pinte. "Fare il sindaco non è solo un lavoro dalle nove alle cinque, Cen. Sono arrivato appena ho potuto."

"Bene." Nemmeno il mio lavoro era dalle nove alle cinque ma non lo usavo come scusa. Era tipico di Brayden sorvolare sui miei sentimenti e implicare che in qualche modo era colpa mia e che il suo lavoro era più importante del mio.

Brayden era l'unico ragazzo con cui fossi mai uscita ma mi sembrava di non conoscerlo più veramente. Avevo sempre ritenuto che Brayden e io fossimo fatti per stare insieme e non avevo mai pensato tanto ad altri uomini.

Mi correggo. Forse ci avevo pensato. Qualche volta ero stata attratta. Ma era solo un'attrazione fisica. Invece ero attirata da Tyler Gates in un modo che non avevo mai provato prima. Non potevo dire esattamente cosa fosse, ma c'era.

Come tutti gli sceriffi prima di lui, Tyler Gates doveva avere qualcosa che non andava oppure avrebbe trovato un lavoro pagato meglio in una città più grande. Forse lo trovavo interessante solo perché mancava qualcosa tra Brayden e me.

Ed eccomi lì, sul punto di compiere il più grande errore della mia vita per un uomo che nemmeno conoscevo. A parte Brayden, Tyler Gates era l'unico uomo in città a non percepire una pensione. Mi sembrava appetibile solo perché all'improvviso Brayden sembrava sbagliato. "Avresti dovuto essere qui prima. Sono stanca di essere data per scontata."

Brayden si passò una mano tra i capelli perfettamente pettinati. "Il servizio pubblico include il sacrificio personale, Cen. Il lavoro viene prima. Ne abbiamo parlato quando mi sono candidato a sindaco."

Non ricordavo che avessimo parlato di niente del genere. "Cosa, con precisione, è più importante di me?"

Brayden alzò le mani al cielo esasperato. "Non è così semplice, Cen. Sai che non posso discutere gli affari confidenziali della città con te."

A parte essere la ragazza di Brayden, ero anche la stampa. Brayden aveva ragione sul fatto che era difficile che qualcosa rimanesse segreto a lungo a Westwick Corners. "Il lavoro viene anche prima del nostro matrimonio? Non ti presenterai nemmeno a quello?"

Brayden alzò gli occhi al cielo. "Certo che no, ma qualche volta devo fare scelte difficili."

"Un omicidio e tu non ti fai vedere?"

"Non puoi aspettarti che io lo sappia." Appoggiò le due pinte di birra chiara ghiacciata davanti ai due contadini dai capelli grigi. Poi si girò di nuovo verso di me.

"Prima hai detto che lo sceriffo ti ha informato subito." Cosa avrebbe potuto essere più importante di un omicidio il primo giorno di lavoro del nuovo sceriffo? Qualcosa nelle priorità di Brayden superava l'omicidio.

C'era una prima volta per tutto.

Non avevo mai ripensato al matrimonio con Brayden fino a quel pomeriggio e ora mi chiedevo se la mia testa fosse al posto giusto. "Non abbiamo discusso niente. Tu hai deciso cosa volevi, come fai sempre. Per una volta mi piacerebbe far parte di quello che tu vuoi." Il tono della mia voce si era alzato a coprire la musica e le teste si girarono nella mia direzione.

"Ne parleremo più tardi." Brayden distolse lo sguardo e si concentrò nella preparazione di un Martini.

Dentro di me emettevo fumo. Brayden era stato eletto sindaco solo qualche mese prima, quindi avrei potuto lasciargli un po' di spazio. D'altra parte, fare il sindaco era sempre stato un lavoro part-time.

Westwick Corners aveva meno di 1000 abitanti ma Brayden aveva assunto il suo nuovo ruolo con entusiasmo perché lo vedeva come un passaggio verso altre vette. Fare il sindaco avrebbe aperto porte e consentito di mettersi al livello di politici statali e federali.

Io non mi sarei lasciata mettere da parte e lui avrebbe dovuto rispondere ai suoi elettori, me compresa. "No, voglio parlare ora."

Ma Brayden non era già più a portata orecchio, era al lato opposto del bancone che riempiva bicchieri.

Zia Pearl aveva ragione. Brayden mi dava per scontata e io ne ero stanca. Ci conoscevamo praticamente da tutta la vita ma non mi ero mai sentita meno legata a lui prima. La sua ambizione politica era più importante della nostra relazione e anche i bisogni della nostra piccola città che lui si supponeva rappresentasse.

Appoggiai il bicchiere di vino ancora mezzo pieno sul bancone e mi alzai. Al bar c'era posto solo in piedi e c'erano cinque o sei ospiti che danzavano al ritmo della musica country diffusa dagli altoparlanti.

I miei pensieri ritornarono all'omicidio di Plant e al mio scoop. Mi venne in mente che sarebbe stato praticamente impossibile fare la cronaca obiettiva di un crimine successo sulla nostra proprietà. Magari era un accenno di cose future, dato che ogni sorta di indipendenza giornalistica sarebbe comunque stata impossibile quando avrei sposato il sindaco.

Fantastico.

Avrei dovuto rinunciare al giornale e al mio lavoro.

L'ultima cosa che desideravo era diventare la moglie di un politico e supportare mio marito senza una vita personale. Amavo sul serio Brayden o era semplicemente comodo sposarlo? Ero stata così presa dalle aspettative degli altri che non conoscevo la risposta.

La mia attrazione verso Tyler Gates non era nient'altro che fisica. Ma era un'attrazione che non avevo mai provato per Brayden e mi piaceva il modo in cui mi faceva sentire. Volevo provarla di nuovo.

Qualunque fosse o non fosse il sentimento, dovevo fare una pausa e sistemare le cose. Avrei deluso molte persone ma avevo già perso anche troppo tempo cercando di compiacere tutti di tranne me stessa. Mi alzai e mi diressi verso Brayden all'estremità del bancone. Aveva appena finito di servire e stava pulendo.

Presi un bel respiro. "A proposito del matrimonio, io…"

Lui mi baciò sulla guancia. "Mi leggi nel pensiero. Abbiamo posto sulla lista degli ospiti per il governatore e sua moglie? È un'ottima opportunità per conoscerli meglio."

Questo confermava i sospetti che i miei sogni sarebbero sempre stati al secondo posto rispetto all'arrampicata sociale di Brayden e alle sue ambizioni politiche. Avrei dovuto limitare la mia magia. Le streghe sono il peso peggiore per una carriera politica e le aspirazioni di Brayden andavano molto oltre Westwick Corners. Aveva in progetto di diventare governatore dello Stato, un giorno.

Niente scoop, niente magia, nessun amore.

Nessun futuro insieme. Perché mi ci era voluto tanto per capirlo?

"No." Non avevo tempo di discutere. Dovevo tornare a lavorare alla locanda.

"Cosa intendi con no? Non riusciamo a trovare spazio per altre due persone?"

Sospirai. Brayden vedeva le cose solo dal suo punto di vista, non dal nostro punto di vista. Avrei aspettato fino alla mattina successiva per dirgli che il matrimonio era annullato.

"Non ora." Scorsi zia Pearl con l'angolo dell'occhio. Indossava la sua vecchia tuta Adidas del 1970, quella che riservava agli sforzi atletici. Ignorai le obiezioni di Brayden e la seguii all'aperto. Era diretta al gazebo e senza dubbio a mettersi nei guai.

"Zia Pearl, Mamma ha bisogno di te alla locanda."

La zia si girò e mi fissò. Strinse gli occhi e disse qualcosa che udii a malapena. "Puoi ripetere?"

Si acciglià e cambià direzione. Seguii le sue tracce fino ai gradini dell'ingresso principale della locanda. Sentii uno strattone al braccio e mi girai, trovando Brayden al mio fianco. Mi preoccupai del fatto che mi avesse seguita fuori. Questo significava che nessuno stava badando al bar.

"Che cosa ti ha preso ultimamente?" Mi afferrò l'altro braccio e ci guardammo negli occhi. "Non sei te stessa."

"Non sono io che sono cambiata, sei tu. Se tu non hai tempo per me ora, cosa succederà quando saremo sposati?" Mi liberai dalla sua stretta e scrutai il giardino in cerca di mia zia. Era sparita.

"Basta scuse, Brayden." Mi girai verso il giardino.

"Dai, Cen." Brayden restò immobile con le braccia incrociate.

Aspettava che andassi da lui.

"Parleremo domani." Quasi speravo che mi seguisse ma probabilmente era meglio di no. Non ero sicura di come e quando glielo avrei detto, ma all'improvviso era tutto perfettamente chiaro. Non avrei sposato Brayden Banks.

E a lui non sarebbe piaciuto per niente.

CAPITOLO 10

Seguii zia Pearl attraverso il prato e il vialetto verso il giardino delle rose. Proprio come temevo, si dirigeva in linea retta verso il gazebo. Ebbi un brivido. I suoi piani quasi certamente riguardavano il respingere i turisti ma, così facendo, si sarebbe ulteriormente incriminata. Una scena del crimine sulla nostra proprietà era già abbastanza terribile, una scena del crimine compromessa era ancora peggio. Soprattutto se compromessa da una strega.

"Zia Pearl, aspetta!" Il suo passo era decisamente più veloce di quanto un normale corpo di settant'anni poteva sostenere, da quello capivo che stava usando la magia. Nella luce calante del crepuscolo le vidi la tanica di benzina in mano. Scattai di corsa e riuscii a raggiungerla a pochi passi dal nastro giallo della scena del crimine. "Metti giù quella tanica."

"Costringimi." Fece un sorriso furbo, appoggiò la tanica e si arrotolò le maniche della tuta.

Non avevo altra scelta se non contrastarla con un po' di magia. Eravamo a un metro dai gradini del gazebo e a un millisecondo dal disastro.

Per fortuna o istinto, non so bene, riuscii a fermarla e disintegrai la tanica della benzina.

Zia Pearl boccheggiò.

Restammo entrambe in silenzio a fissare la nuvoletta di fumo che svaniva.

Disastro evitato, almeno per il momento. "Non puoi distruggere la scena del crimine, zia Pearl. Oltretutto è troppo tardi per eliminare qualunque cosa. La polizia ha già raccolto le prove."

Si girò e mi affrontò. "E tu non puoi andare in giro a distruggere le cose degli altri, Cendrine." Si fissò le mani vuote. Non c'era traccia della tanica di benzina.

"Non mi hai lasciato scelta." Il cuore mi batteva nel petto. Aspettavo che si vendicasse con una magia, questa volta diretta verso di me.

Invece sorrise. "Non male, considerato che non fai molta pratica. Riesci a fare delle belle magie quando ti ci metti sul serio."

Per una volta, le mie capacità mi sembrarono più una benedizione che una maledizione. Non potevo evitare di sentirmi piuttosto orgogliosa nonostante le circostanze. Zia Pearl faceva di rado complimenti, soprattutto quando si trattava di magia.

Evitavo gli incantesimi perché usare la magia mi sembrava un inganno. Pensavo che mi desse un vantaggio scorretto ed ero perciò contraria a usarla per tirarmi fuori dai guai. Questa volta avevo dovuto ricorrere ai trucchi di zia Pearl, ma almeno non avevo distrutto una scena del crimine. "Solo perché era necessario. Torniamo a casa."

Zia Pearl ignorò la mia richiesta e si girò di nuovo verso il gazebo. "Dovresti solo applicarti di più, Cen. Perché non iniziamo ora?" La zia piromane fece schioccare le dita e nella sua mano si materializzò un bastoncino infiammato.

Io feci schioccare le dita ed evocai un secchio d'acqua, ma ci misi un po' troppo. Gettai il secchio verso la zia, ma lei aveva già raggiunto i gradini del gazebo. La afferrai e rotolammo giù, tra l'erba. Ci fermammo a pochi centimetri dal nastro della scena del crimine.

"Mi hai imbrogliata!" Mi allontanai e mi sedetti, trovandomi davanti Tyler Gates.

"Che diavolo sta succedendo qui?" Lo sceriffo spense il fuoco con lo stivale. Il suo sorriso furbo svanì quando riconobbe Pearl.

Quella era proprio la domanda che stavo per fare a mia zia. Perché diavolo si ostinava a voler distruggere il gazebo? Era in qualche modo coinvolta?

"Grazie a Dio sei arrivato, sceriffo." Piagnucolò zia Pearl. "Mi ha attaccata senza un motivo."

Gli angoli della bocca di Tyler Gates si sollevarono appena. "È così?"

"Mi ha provocata." Mentre queste parole mi uscivano di bocca, mi resi conto che sembravamo due bambini che litigavano.

Imbarazzante.

"Lei è nei guai." Zia Pearl puntò verso di me un dito accusatore.

Alzai gli occhi al cielo e mi spazzolai via erba e sporco dai vestiti mentre mi alzavo.

"Starei più attenta se fossi in te," disse lo sceriffo. "Il gazebo è ancora zona vietata e io non ti ho ancora eliminata dalla lista dei sospetti."

Supposi che il suo commento fosse a beneficio di zia Pearl, dato che il mio alibi era già stato confermato. Avevo trascorso tutta la mattina al giornale, come confermavano le videocamere di sicurezza dell'edificio e un paio di altri condomini mattinieri. Non avevo lasciato l'ufficio fino alle tre di pomeriggio, quando mi ero diretta a casa e subito al gazebo.

Dove fosse zia Pearl tra le nove di mattina fino a poco prima di mezzogiorno, quando era arrivata al mio ufficio dopo il tentativo di incendio sull'autostrada, non si sapeva. Sosteneva di essere andata direttamente alla locanda dopo aver lasciato il mio ufficio. La mamma poteva facilmente confermare la storia della zia che aveva sistemato le stanze degli ospiti prima dell'incendio in autostrada. Conoscevo mia zia abbastanza bene da non prendere le sue affermazioni alla lettera ma nel mio cuore sapevo che non era un'assassina. D'altra parte la legge si basava sui fatti nudi e crudi, non sui sentimenti.

Zia Pearl si afferrò alla ringhiera e si rimise in piedi, in tutto il suo metro e mezzo, rivolgendosi accigliata allo sceriffo. "Da solo non troverai mai la soluzione. Se lo chiedi in modo gentile, io potrei anche aiutarti."

"Inizia dicendomi dove eri questa mattina." Lo sceriffo Gates incrociò le braccia.

"Come se non lo sapessi già." Disse zia Pearl in tono beffardo.

"Ha ragione," dissi. "Non stava bruciando il cartello sull'autostrada?"

"Questo era la mattina. Del pomeriggio non sappiamo niente," disse Tyler. "Ho bisogno che tu mi dica esattamente dove sei stata, Pearl. Un po' di collaborazione sarebbe utile."

Ottenere collaborazione da zia Pearl era come un anticipo di cassa dalla mafia. Potevi avere quello che volevi, ma l'avresti pagato caro.

Zia Pearl sbuffò. "Vediamo… Verso le undici ero alla stazione di servizio. Penso che tu sappia cos'è successo dopo."

Tyler estrasse il taccuino. "Hai una ricevuta per quello che hai comprato? Aiuterebbe a stabilire l'ora."

"La mia parola non è abbastanza valida?"

Sapevo per certo che zia Pearl non aveva comprato la benzina; l'aveva creata magicamente dall'aria. Non avrebbe potuto ammetterlo davanti allo sceriffo, però. Cominciavo a preoccuparmi seriamente riguardo la sua evasività e mancanza di alibi.

Tyler ignorò la domanda e proseguì con l'interrogatorio. "Dov'eri prima della stazione di servizio?"

"Te lo dirò se mi togli la multa." Zia Pearl incrociò le braccia e sbuffò.

"Non è possibile. Ho già inviato la notifica, non potrei cambiarla neanche volendo. Dovrai andare in tribunale."

"Hai avuto la tua possibilità, sceriffo," disse Pearl. "La vita in questa città può essere facile o difficile. Scegli la tua strada."

"Zia Pearl!" Strinsi con forza la spalla di mia zia. L'ultima cosa di cui avevamo bisogno era uno scontro con la legge. "Rispondi alla domanda dello sceriffo così possiamo andarcene e lasciare che torni al suo lavoro."

Zia Pearl si avvicinò di qualche centimetro al nastro della scena del crimine ma non lo attraversò. Lanciò un'occhiata di fuoco allo sceriffo Gates. "Stavo lavorando alla locanda con Ruby prima di andare alla stazione di servizio. Questa si sta trasformando in una caccia alle streghe." Pearl incrociò le braccia. "Ora posso andare?"

Lanciai un'occhiata di traverso a mia zia. Il suo velato riferimento alle streghe mi aveva dato sui nervi. E quella era proprio la sua intenzione.

Tyler Gates annuì. "Verificherò l'alibi con Ruby, ovviamente." Lo sceriffo fece un cenno. "Non pensare nemmeno a lasciare la città. Ti terrò sotto controllo." Puntò due dita verso i propri occhi e poi verso quelli di Pearl.

"Andiamo." Pearl scacciò la mia mano dalla sua spalla e si precipitò verso la locanda.

Almeno il nuovo sceriffo aveva senso dell'umorismo. Zia Pearl non avrebbe lasciato la città: sperava che se ne andassero tutti gli altri. In ogni caso, le parole dello sceriffo ottennero l'effetto desiderato. Pearl attraversò di nuovo il giardino con passo esageratamente artritico. Indicai il gazebo. "Il… corpo non c'è più?"

"Il medico legale lo ha portato via un'ora fa." Tyler esaminò il gazebo con la torcia.

Sentii i suoi occhi su di me mentre mi giravo per guardare. Ora che non c'era più il cadavere l'unica traccia della terribile vicenda erano le macchie di sangue sul pavimento di legno. Trattenni il fiato quando vidi la bacchetta di zia Pearl appoggiata all'ingresso, etichettata come prova. Lei sapeva che era ancora nel gazebo quando aveva cercato di dargli fuoco? C'era qualcosa che non mi stava dicendo e questo non mi piaceva proprio per niente.

CAPITOLO 11

*E*rano le nove passate e ormai era buio quando ritornai alla locanda. Le ultime ore erano state un vortice di attività tra l'indagine sull'omicidio, tenere d'occhio zia Pearl e assicurarmi che per gli ospiti fosse tutto fosse a posto.

Non avevo parlato con la mamma da un po' ed ero ansiosa di vedere come se la cavava. La trovai in cucina a lavare i piatti. Lavava sempre i piatti a mano anche se avevamo una lavastoviglie professionale. Cavolo, come strega, non usava nemmeno un incantesimo per lavarli e completare in un secondo la sua lista di cose da fare. Ma la perfezionista che era in lei insisteva nel fare tutto nel modo difficile. Con il tempo che avrebbe perso a controllare e ricontrollare gli incantesimi, faceva prima a mano, da mortale. La mamma e io eravamo molto simili sotto quell'aspetto. Eravamo insicure riguardo il nostro talento naturale. La magia qualche volta sembrava fornire un vantaggio scorretto.

"Oh, Cen, non posso credere che abbiamo avuto un omicidio." I suoi occhi erano iniettati di sangue e gonfi, come se avesse pianto. I suoi vestiti erano in disordine e indossava il grembiule storto, una cosa completamente estranea al suo aspetto solitamente perfetto. "Quante possibilità c'erano che questo succedesse nel giorno dell'inaugurazione?"

"Parecchie, a pensarci. Il momento migliore per colpire il turismo è prima che decolli."

"Non riesco a immaginare nessuno in città che possa arrivare a tanto. Chi ucciderebbe per fermare il progresso?" La mamma si pulì le mani sul grembiule. "La cosa mi spaventa."

Le raccontai dei miei sospetti su chi aveva scritto il biglietto e il modo particolare in cui era stato scritto 'unraveled'. "Zia Pearl non usa la grafia inglese. Ma chiunque ha scritto il biglietto voleva che sembrasse scritto da lei."

"Non essere ridicola, Cen. Pearl non farebbe del male a nessuno. Come puoi anche solo pensarlo?"

"Così sembrerà allo sceriffo, penso. Molte prove portano a zia Pearl e lo sceriffo deve seguire tutte le piste. Io so che non è stata lei ma di sicuro ci nasconde qualcosa." Afferrai uno strofinaccio e presi i piatti dalla rastrelliera. "Porta sempre con sé la sua bacchetta. Perché non l'ha presa dal gazebo? Che io sappia non l'ha mai abbandonata da nessuna parte. Potrebbe averla afferrata prima dell'arrivo dello sceriffo ma non l'ha fatto."

La mamma fece spallucce. "L'avrà dimenticata o non ha voluto compromettere la scena del crimine."

"E da quando cerca di non compromettere qualcosa? Secondo lei, non era parte della scena del crimine. Ha detto che le è sfuggita di mano quando è caduta sopra di me."

La mamma assunse un'espressione preoccupata ma non disse nulla.

"Aveva la sua bacchetta quando siete andate al gazebo?"

"Non ricordo. Ero così impegnata a far sì che fosse tutto pronto per l'inaugurazione della locanda che non ho notato." La mamma lasciò andare la pentola che stava lavando. Cadde nel lavandino con un suono metallico.

Provai un po' di rimorso per non essere stata lì ad aiutare.

"C'è stato così tanto da fare qui, è una gran fatica. Pearl è stata via tutta la mattina, ho dovuto occuparmi di tutto da sola."

Ora ero io ad essere scioccata. "Aspetta un secondo… Zia Pearl ha detto allo sceriffo di essere stata qui con te fino alle undici e ha detto che tu lo avresti confermato."

La mamma sospirò e si portò una mano alla fronte. "Non mentirò per lei. È uscita presto questa mattina e non l'ho più vista fino al pomeriggio. In che razza di guai ci ha messe?"

"Non so, ma a meno che lei non ci dica dove è stata e a fare cosa, non possiamo aiutarla. Sono abbastanza sicura che lo sceriffo Gates la creda colpevole di qualcosa." Non sopportavo l'idea che zia Pearl potesse essere accusata ingiustamente. Per un motivo che non riuscivo a spiegarmi, volevo anche fare buona impressione su Tyler Gates. "Qualunque cosa stia nascondendo non può essere grave quanto un omicidio."

"Lei è piuttosto ostinata, Cen." Mamma scosse la testa. "Il mondo potrebbe crollarle addosso e lei continuerebbe a mantenere i suoi segreti. Si crea da sola un sacco di problemi in questo modo."

"Beh, se vuole indietro la sua bacchetta, dovrà spiegare qualcosa. Lo sceriffo la considera una prova. Comunque pensa che sia il suo bastone."

Mamma spalancò la bocca. "Pearl è davvero un sospetto?"

"Lui non ha detto proprio così ma il fatto che non le piaccia il turismo le fornisce un movente e quel biglietto potrebbe sembrare scritto da lei. Aggiungi la sua bacchetta sulla scena del crimine e lei diventa un sospetto. Sono sicura che lo sceriffo ci pensa."

"Ma anche noi eravamo al gazebo," protestò la mamma. "Perché non siamo sospettate?"

"Io ho un alibi. Ho lavorato fino alle tre di pomeriggio. Gli investigatori potranno con ogni probabilità stabilire l'ora della morte dalle condizioni del corpo." Mi vennero i brividi ripensando alla caduta sul cadavere di Plant.

"E io sono stata in città la maggior parte della mattina, a pensare alle ultime cose per cena. Mi hanno vista in molti. Ho anche incrociato lo sceriffo," disse Mamma.

"Vedi? Zia Pearl ha mentito perché non ha un alibi." Era una bugia o un'omissione?

"Forse ha confuso gli orari?" L'espressione della mamma indicava che non ci credeva anche se lo aveva detto.

"Sappiamo entrambe che è impossibile. È decisamente troppo sveglia per quello."

"Vero." Annuì la mamma. "Ma probabilmente ritiene che dove è stata non siano affari dello sceriffo. Diventa irascibile quando qualcuno la controlla."

"Può andare bene nella maggior parte delle situazioni ma non ora che c'è un omicidio. Tutte le prove tranne una sono contro di lei," dissi. "L'assassino conosceva la sua vittima."

"Sì?" La mamma affondò le mani nell'acqua saponata. "Te l'ha detto lo sceriffo?"

Io scossi la testa. "Attaccare una vittima al volto implica una relazione personale. Sia che si tratti di bastonare a morte o di coprire il volto dopo il fatto. Sebastian Plant conosceva il suo assassino. E per quello che so, non ha mai incontrato zia Pearl." La serie televisiva *Forensic Files* mi aveva insegnato a osservare le tracce che si nascondevano in bella evidenza e le ferite alla testa e al volto di Plant dicevano molto.

"Guardi troppi programmi polizieschi, Cen."

"Forse, ma è l'unica traccia che abbiamo al momento. È un indizio importante. Chiunque sia il colpevole deve essere catturato."

Mamma tirò fuori le mani dalla bacinella per lavare i piatti e le alzò in aria, schizzando acqua saponata dovunque. "Pearl può essere tante cose, ma non è un'assassina. Però concordo sul fatto che stia nascondendo qualcosa. Solo che io non penso di riuscire a farle rivelare i suoi segreti. Non parlerà."

"Dovrà farlo," dissi. "A meno che non decida di spiegare tutto, potrebbe essere accusata di omicidio." Zia Pearl non era una che manteneva molti segreti. Una semplice spiegazione l'avrebbe scagionata ma lei non l'avrebbe fornita.

Il suo silenzio era anche la campana a morto per l'intera città, dato che i turisti non sarebbero venuti sapendo che tra noi c'era un assassino. Ma Westwick Corners aveva tirato avanti per ben più di 100 anni. In un modo o nell'altro sarebbe durata un altro secolo, se potevo fare qualcosa.

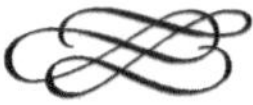

CAPITOLO 12

Qualunque cosa zia Pearl ammettesse o no, non si spiegava il sangue sulla sua bacchetta. Qualcuno l'aveva rubata e usata o l'aveva usata lei stessa. Cercai di visualizzare la bacchetta nella mia mente. Il sangue sulla punta era già secco. Era stata una giornata calda ma il gazebo era all'ombra. Il sangue avrebbe impiegato quindici minuti o anche di più per asciugarsi.

Mi vennero i brividi al ricordo della rigidezza del corpo di Plant quando gli ero caduta sopra. Ero sicura che fosse morto da ben più di quindici minuti. Forse ore prima.

"La bacchetta di zia Pearl non ha valore per nessun altro. Perché qualcuno avrebbe dovuto rubarla?"

"Può avere importanza per un'altra strega." La mamma mise l'ultimo piatto sulla rastrelliera e fece scorrere l'acqua dal lavandino.

Questo non mi era venuto in mente. "Ma solo Pearl può sbloccare la sua bacchetta." Le bacchette moderne erano tecnologiche e soprattutto quella di Pearl. Era necessaria una combinazione delle sue impronte digitali e di una password. Al giorno d'oggi anche la magia usava la biometrica.

"Una strega non deve necessariamente sbloccarla e usarla," disse la mamma. "Può semplicemente tenere la bacchetta lontano da Pearl. Così Pearl resta senza poteri: non è in grado di fare incantesimi senza la sua bacchetta."

"Perché qualcuno vorrebbe impedirle di usare la magia?" Mi tornò in mente il bastoncino di fuoco di zia Pearl al gazebo. Era riuscita a crearlo con la magia, quindi non era stata sincera. C'era ancora qualcosa che non ci stava dicendo e questo non andava bene.

"Non ne ho idea, ma non riesco a pensare perché qualcuno che non sia una strega dovrebbe rubare la bacchetta e sabotare i suoi poteri." La mamma si asciugò la fronte. "Chi ha fatto tutto questo vuole fare di Pearl un capro espiatorio, ma chi?"

"Qualcuno che vuole uscire pulito dall'omicidio. Zia Pearl va in galera e l'assassino la fa franca." La mia lista di persone che odiavano Pearl comprendeva metà della città ma non osai dar voce ai miei timori. La mamma non riusciva a vedere i difetti della sorella e nemmeno la sua lunga lista di nemici. Per la maggior parte comunque vivevano in città, comuni mortali senza alcun potere. Nessuno era un assassino a sangue freddo.

"L'assassino si libera di due persone." La mamma assunse un'espressione preoccupata. "Comunque penso ancora che si tratti di un'altra strega."

"Noi siamo le uniche streghe della città," dissi. "Forse dovremmo fare una lista di chi potrebbe voler far del male a zia Pearl."

"Hazel e Pearl sono in lite," disse la mamma.

"Non penserai…"

"No, nemmeno la strega Hazel arriverebbe a tanto." La mamma si slacciò il grembiule e lo buttò sul bancone. "Ma se l'assassino è un'altra strega, Pearl è in guai grossi. Non riuscirà mai a spiegare ogni cosa e chiarire la sua posizione."

Appunto.

Le streghe potevano facilmente alterare le prove, anche quelle scientifiche. Zia Pearl non era l'unica ad aver bisogno di aiuto. Ne aveva anche lo sceriffo Gates. Avrebbe avuto una sorpresa soprannaturale se si aspettava che il suo lavoro a Westwick Corners fosse qualcosa di tranquillo in una piccola città addormentata. Non avevo altra scelta se non proseguire l'indagine seguendo la pista della strega Hazel, che non poteva essere nota allo sceriffo. "Riusciamo a scoprire dove è stata Hazel?"

Hazel Blake era stata la migliore amica di Pearl fino a un rovesciamento della situazione un anno prima. Oltre a essere una strega riconosciuta, era anche presidente della comunità internazionale delle streghe, la Witches International Community Craft Association o WICCA, l'organo mondiale di governo delle streghe.

Non riuscivo a immaginare che Hazel arrivasse a uccidere un uomo innocente e dare la colpa a zia Pearl. D'altra parte, Hazel aveva maledetto mio fratello Alan e lo aveva trasformato in un collie. Ma in ogni caso l'assassinio non mi sembrava una cosa probabile.

Le sopracciglia della mamma si avvicinarono. "Forse possiamo chiedere a Amber."

Zia Amber era la vice presidente della WICCA e vedeva Hazel quasi ogni giorno. Se ci avesse confermato dov'era stata Hazel, potevamo rapidamente eliminarla dai sospetti. Zia Pearl non avrebbe gradito il coinvolgimento della sorella Amber ma non avevamo molta scelta. "E se dovesse dirlo a Hazel? Potrebbe chiedersi perché facciamo questa domanda."

"A questo punto, penso che glielo dovremmo dire." La mamma si asciugò le mani e fece schioccare le dita.

Un'immagine olografica prese forma lentamente davanti a noi. Zia Amber si lisciò i capelli rossi e sistemò una ciocca dietro l'orecchio. Era fantastica e perfetta come sempre, ma distratta, come se l'avessimo interrotta.

"Sarà meglio che sia importante. Mi hai colta proprio in mezzo a un incantesimo." Amber, come Hazel, viveva a Londra, in Inghilterra. Westwick Corners le andava troppo stretta.

"Scusa. Ma è una cosa seria," disse la mamma.

"Qui sono passate da poco le sei di mattina, Ruby. Sai che non sono mattiniera. Sarà meglio che lo sia."

Da noi era ancora venerdì sera, ma Londra era nove ore avanti. I tempi indicati dallo sceriffo sarebbero stati confermati dal medico legale ma era probabile che l'omicidio fosse stato commesso tra mezzogiorno e le tre del pomeriggio, quando noi avevamo scoperto il corpo. Corrispondeva a un periodo tra le nove di sera e mezzanotte, secondo l'orario di Londra.

"Mi dispiace ma non sono buone notizie." Riassunsi brevemente gli eventi della giornata, l'omicidio e le prove che incriminavano Pearl. "Pearl e Hazel sono ancora ai ferri corti. Forse Hazel l'ha messa in mezzo e ha lasciato la sua bacchetta sulla scena del crimine?"

Come strega, Hazel poteva andare avanti e indietro da Londra in meno di un'ora. In assenza di altre prove, dipendeva da noi escludere eventuali sospetti soprannaturali. Non sarebbero mai venuti fuori da un'indagine dello sceriffo Gates.

"Non escluderei la vendetta della strega Hazel," disse zia Amber. "Ma non ce la vedo a uccidere uno straniero innocente per incastrare Pearl."

"Non stiamo incolpando Hazel, ma non possiamo nemmeno escluderla," dissi. "Sai dov'era la notte scorsa?"

Zia Amber fece spallucce e alzò le palme delle mani. "Dormiva, come tutti gli altri, suppongo, Cen. Non la vedo da quando abbiamo lasciato il lavoro venerdì e non la vedrò di nuovo fino a lunedì mattina in ufficio. Non le sto alle costole fuori dal lavoro."

"C'è qualcuno oltre a Penny che potrebbe sapere dov'era?" Penny Black era la figlia di Hazel. Ed era anche la ex fidanzata di Alan e il motivo della trasformazione in collie. Hazel Black viveva da sola. Pearl era, o almeno era stata, l'unica vera amica di Hazel.

"Avete provato con il suo fidanzato?" Zia Amber portò un dito con l'unghia colorata di magenta alle labbra, che avevano un colore intonato. "Lui potrebbe saperlo."

"La strega Hazel ha un fidanzato?" Non riuscivo a immaginare nessuno che volesse legarsi a Hazel. A parte la personalità dominante, pensava solo agli affari. Oltre a essere presidente della WICCA era anche una scaltra imprenditrice.

"Sorprende anche me. Si vedono da un paio di mesi. Sto cercando di ricordare il suo nome. Seb qualcosa?"

"Sebastian Plant?"

Alla mamma cascò la mandibola e sembrava sul punto di stramazzare.

"Sì, quello è il nome. Lo conosci?" L'immagine di zia Amber si sfocò. "Devo andare, le mie erbe stanno bruciando!"

"Aspetta!" Ma era troppo tardi. Zia Amber se n'era andata.

Mi girai verso la mamma. "L'assassino di Sebastian Plant ha lasciato un biglietto scritto con grafia inglese. Hazel è inglese. Pensi sia stata lei?"

La mamma scosse la testa con enfasi. "Né Hazel né Pearl sono capaci di fare qualcosa di simile, Cen. Sarà meglio che parliamo con entrambe al più presto."

Il volto insanguinato di Sebastien Plant mi comparve in mente. Sia Hazel che Tonya lo conoscevano intimamente, ma solo Hazel era inglese.

Anche se Hazel e Pearl non si parlavano più, erano state migliori amiche per decenni. Era possibile che Pearl proteggesse l'amica?

CAPITOLO 13

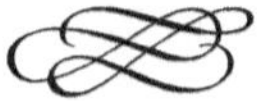

Zia Amber non aveva fatto nuova luce sui fatti e, anzi, aveva sganciato la bomba della storia tra Hazel e Sebastian Plant. E non risolveva il nostro problema più stringente.

Pearl era sparita di nuovo. Dovevo rintracciarla perché non si poteva sapere cosa avrebbe fatto per riavere la sua bacchetta. La mamma stava per avere un crollo di nervi e Pearl avrebbe potuto farle superare il limite.

"Devi starle alle costole, Cen. Io non posso lasciare la locanda e sono preoccupata che faccia qualcosa di folle. Abbiamo investito tutti così tanto nel successo di questa attività. Pearl può rovinare tutto in un attimo."

Questa volta la mamma non stava esagerando. "La troverò." Mi diressi alla porta principale e oltre il vialetto verso il *Witching Post*. L'ultima persona che volevo vedere ora era Brayden ma probabilmente era troppo impegnato a servire per notarmi.

Avrei controllato se zia Pearl era al bar e poi sarei uscita. Mentre spingevo la porta principale quasi mi scontrai contro una bionda prosperosa in un abito da seta scintillante di lamé dorato. L'abito vintage sembrava fuori luogo ma anche stranamente familiare.

83

Avevo visto solo la parte posteriore del vestito corto, ma avevo riconosciuto il tintinnio del braccialetto talismano di zia Pearl quando mi era passata accanto. Carolyn Conroe, l'alter ego alla Marilyn Monroe di zia Pearl, si dirigeva verso il bar.

Il cuore mi sprofondò. Il tempo passava ma io non potevo parlare a zia Pearl di Sebastian Plant e Hazel finché non fosse ritornata alla sua forma normale. Ci sarebbe voluto un po', a seconda di quanto grande fosse il guaio in cui si era cacciata.

"Dove posso avere un cocktail in questo posto?" La voce di Carolyn si alzò sopra la confusione e improvvisamente le altre conversazioni cessarono.

Brayden le fece un cenno di noncuranza. "Puoi aspettare? Tra quindici minuti inizia l'happy hour."

Brayden non aveva mai capito il concetto di happy hour. Invece di attirare i clienti prima dell'inizio della serata, lui praticamente faceva uno sconto a chiunque fosse disposto ad aspettare abbastanza. Tutta la gente del posto approfittava di questo suo strano concetto e non si preoccupava di comparire se non molto tardi.

L'unico lato positivo della strana promozione di Brayden era che Carolyn non aveva ancora un drink in mano. Lui inoltre conosceva l'alter ego di zia Pearl, anche se credeva che Carolyn Conroe nascesse da personalità dissociata e troppo trucco. La magia di zia Pearl era davvero buona. Sfortunatamente non erano sempre così buoni anche i risultati, quindi sperai che Brayden avesse abbastanza buon senso da allungarle i drink con l'acqua. Carolyn ubriaca era molto, molto peggio di Pearl da sobria. Non si poteva sapere cosa avrebbe fatto.

Carolyn gettò la testa all'indietro in una risata di gola. "Tornerò da te, latin lover."

Il volto di Brayden arrossì. Pearl l'aveva messo in imbarazzo per vendetta.

Guardavano tutti nella nostra direzione e proprio in quel momento un soffio di vento venuto da chissà dove sollevò l'orlo della gonna di Carolyn. Un sorriso malizioso le si allargò sul volto. Si abbassò lentamente la gonna, ma non senza aver lasciato guardare tutti gli uomini valenti di Westwick Corners.

Una folla si radunò intorno a Carolyn. Era evidente che si godeva ogni secondo sotto i riflettori.

Ignorai i fischi di ammirazione e osservai attentamente il bar. Gli sgabelli erano tutti occupati dagli ospiti mescolati alle persone del posto. Notai con soddisfazione che tutti gli ospiti erano presenti. Se fossero rimasti al bar non avrebbero notato il nastro giallo ancora intorno al gazebo.

Notai Tonya Plant da sola in un tavolo d'angolo. Era conosciuta quasi quanto Sebastian. Ma comunque erano una coppia curiosa. Tonya aveva appena trent'anni, almeno venti di meno rispetto a Sebastian. Lei sembrava minuta in confronto al marito, obeso in modo malato, e anche più piccola di persona. Portava i capelli biondi tagliati in un moderno caschetto ed era vestita come una della famiglia reale, in un abito di alta moda con piccole rose ricamate. Faceva ticchettare il tacco a rocchetto con aria assente mentre sorseggiava un bicchiere di vino rosso. Osservò a bocca aperta la scena di Carolyn.

Carolyn notò immediatamente Tonya e si diresse al suo tavolo. Perfetto.

Lanciai un'occhiata verso l'entrata, la mamma era in piedi all'interno della porta. In qualche modo aveva previsto i piani di Pearl. Mi bastò un'occhiata al suo volto per capire quanto fosse preoccupata.

Tornai verso di lei e la presi da parte. "Dobbiamo neutralizzare zia Pearl." Era già sospettata di omicidio e ora stava cercando di infilarsi in una rissa. Non era il momento di attirare l'attenzione con le sceneggiate di Carolyn. "Non riesci a parlarle e farla tornare in sé?"

La mamma scosse la testa. "Non mi ascolterebbe. Almeno il fatto che sia qui significa che non sta ficcando il naso nelle stanze degli ospiti." Il compito di fare le pulizie aveva l'obiettivo di tenerla occupata e fuori dai guai, e oltretutto non era pesante dato che poteva usare la magia. Ma la nostra idea si era rivelata controproducente quando era andata a ficcare il naso nella camera di Tonya. Ripensai ai progetti che avevamo scovato e temetti il peggio.

La mamma mi diede un colpetto al braccio. "Pensi che Pearl sappia di Sebastian e Hazel?"

"Non so. Hazel e Pearl non si parlano ormai da un paio di mesi. Se lei conosce Sebastian e non l'ha detto allo sceriffo, diventa ancora più sospetta." Se non avessi conosciuto zia Pearl, anch'io l'avrei considerata un sospetto. Ogni cosa che faceva era ambigua. A zia Pearl piaceva creare confusione. Se era a conoscenza della storia tra Hazel e Sebastian, non avevo dubbi che anche Tonya l'avrebbe scoperta presto, se già non lo sapeva.

Rintracciammo Carolyn con lo sguardo mentre scivolava attraverso la pista da ballo verso il tavolo di Tonya. Sentii il cuore che accelerava mentre raccontavo alla mamma del tentativo di incendio di Pearl al gazebo. "Sembra strano che sia andata al gazebo per riprendersi la bacchetta. Se qualcuno l'ha rubata, come faceva a sapere che era lì? Doveva sapere che era stata catalogata come prova."

All'improvviso si accese la lampadina. La scena da Carolyn Conroe di zia Pearl era comunque magia, e di certo più difficile rispetto al bastoncino infiammato al gazebo. "Come fa zia Pearl a fare magie senza la bacchetta?"

"Sta usando qualcosa," si rabbuiò la mamma. "Cosa, non lo so ancora. Vorrei solo che si fermasse a pensare anche a noialtri qualche volta. Devo tornare alla locanda. Tienila d'occhio, Cen."

La mamma se ne andò e Carolyn si sedette da sola a distanza di qualche tavolo da Tonya.

Ero così immersa nei miei pensieri che dovevo essermi avvicinata al bar senza nemmeno accorgermene.

"Il solito?" Brayden mi fece l'occhiolino e appoggiò la bevanda ai mirtilli su un sottobicchiere davanti a me.

Avrei preferito qualcosa di forte ma supponevo che fossimo ritornati al solito. Le apparenze potevano costruire o distruggere una carriera politica e, come sua futura moglie, ogni cosa che facevo si rifletteva su di lui. Almeno così la vedeva Brayden.

Sorseggiai la mia bevanda mentre lui si occupava degli altri clienti. Date le circostanze forse il drink che mi aveva scelto era il più appropriato. Anche una sola goccia di alcol abbassava seriamente le mie inibizioni e la mia forza di volontà nei confronti di Brayden. L'alcol interferiva anche con i miei poteri e un breve esame della stanza mi fece capire che avrei potuto aver bisogno della magia per intervenire con mia zia. Zia Pearl, conosciuta anche come Carolyn, si era nuovamente alzata e ora sedeva all'angolo del tavolo di Tonya. Intonò *Diamonds are a girl's best friend* ad alta voce in un tono profondo, di gola, gettando la testa all'indietro in atteggiamento da diva.

Carolyn si piegò all'indietro, in modo che i suoi capelli dondolassero sul drink di Tonya, che spostò la sua sedia. Carolyn si piegava sempre di più, strizzando l'occhio in modo seducente verso gli ammiratori di sesso maschile ma intanto la sua mano scivolava dal tavolo. Perse l'equilibrio e cascò all'indietro direttamente in braccio a Tonya Plant.

Tonya gridò.

Saltai giù dallo sgabello del bar e mi misi tra le due donne più veloce di quanto uno potrebbe dire "detto, fatto".

Tirai in piedi Carolyn e la allontanai da Tonya. La bocca di Tonya era spalancata per la sorpresa. Aveva un'espressione furiosa e il suo abito di sartoria aveva una macchia di vino. "Cosa diavolo state facendo?"

Lanciai un'occhiataccia a mia zia prima di girarmi di nuovo verso Tonya Plant. Ignorai di proposito la macchia rossa che si allargava sul vestito giallo chiaro. Per fortuna la Plant era così occupata a insultare Carolyn che non l'aveva ancora notata. Quello mi diede l'opportunità di farla sparire. Una sola possibilità, con un incantesimo che non utilizzavo da anni.

Uno, due, tre, fai che non sia...

Feci schioccare le dita, trattenni il fiato e sperai per il meglio.

Avevo riportato il tempo indietro di dieci minuti. Almeno era quello che avevo intenzione di fare con la mia magia arrugginita. Sembrò funzionare, dato che non c'era una macchia di vino rosso, nessun tavolo rovesciato e nessuna Carolyn. Eravamo tornati indietro, un minuto circa prima del disastro.

Ora dovevo solo far andare tutto nel verso giusto. Feci schioccare le dita due volte e lanciai un incantesimo di amicizia.

Funzionò.

Le due donne diventarono rapidamente amiche invece che avversarie. Carolyn Conroe cantò *River of no return* e si appoggiò al tavolo di Tonya.

"Brava," ridacchiò Tonya, evidentemente felice di essere stata riconosciuta. L'unico tono di rosso sul suo vestito giallo erano le piccole rose rosa. Tonya sorseggiò il suo vino godendosi la serenata Carolyn.

Carolyn alzò le braccia e intonò la nota finale.

Il bar restò in silenzio per qualche secondo, finché Tonya applaudì. Carolyn si inchinò e gli altri clienti abituali si unirono all'applauso. Carolyn lanciò loro baci mentre si inchinava.

Ero molto soddisfatta della nuova fine dell'episodio ma era evidente che Carolyn non la pensasse così. Mi puntò il dito e mi guardò in tralice attraverso la stanza.

Sorrisi e feci un cenno. Era una di quelle rare volte in cui desideravo aver praticato di più la magia. Se lo avessi fatto, zia Pearl non avrebbe saputo che ero stata io. In ogni caso, non c'era molto che potesse farci ora.

Esausta, ripresi il mio posto al bar. Gli incantesimi mi avevano privata della poca energia che mi era rimasta.

CAPITOLO 14

"Hai bisogno di un vero drink." Brayden ci guardò entrambe e appoggiò una bottiglia di vino rosso sul bancone. Era una bottiglia di *Witching hour red*, il nostro miglior vino invecchiato. Ne versò un bicchiere e me lo pose davanti. "Fai finta che lei non sia qui."

Fissai il mio bicchiere di bevanda alcolica, per un attimo preoccupata del fatto che il mio incantesimo di riavvolgimento del tempo avesse influenzato Brayden al punto da fargli dimenticare che era sindaco. Lo osservai per un momento prima di concludere che non era così. Invece, era preoccupato che io stessi per fare una scenata con Carolyn. L'alcol me l'avrebbe impedito.

Lasciamo che sia così.

Buttai giù metà del bicchiere. "Non posso ignorarla. Mi preoccupa cosa potrebbe fare."

Brayden sapeva che eravamo streghe, almeno qualcosa del genere. Pensava che fosse solo una stranezza degli antenati della nostra famiglia. Sì, era al corrente della Scuola di Fascinazione di zia Pearl e delle pozioni di Mamma, ma non prendeva quella roba sul serio. Le metteva a livello di cose come l'astrologia e la lettura della mano. Era convinto che noi condividessimo hobby originali.

In ogni caso, stavamo sempre attente a non fare magie davanti a lui.

Brayden era completamente all'oscuro del fatto che io avevo appena rimandato indietro la sua vita di qualche minuto. Peccato che non potesse dimenticare completamente il nostro fidanzamento. Soffrivo all'idea di come gli avrei comunicato la notizia, soprattutto perché in questo momento era molto carino con me.

"Terrò d'occhio io Pearl. Cerca di rilassarti, Cen."

Pochi uomini riescono con facilità a sposarsi una famiglia di streghe e, a un certo livello, Brayden sapeva in cosa si stava mettendo. Non avrei potuto spiegare la mia situazione a nessuno che non fosse cresciuto con noi a Westwick Corners. Aveva senso che ci sposassimo. Questa logica mi depresse. Solo perché era facile sposarlo non significava che ero costretta.

Sorseggiai il mio vino, perseguitata dal rimorso per le anime ignare del bar che non avrebbero mai saputo che avevo cancellato gli ultimi pochi minuti delle loro vite sostituendoli con una versione alternativa. Se solo avessi potuto riportare indietro l'orologio ed evitare l'assassinio di Plant. Era troppo tardi per quello. La cosa migliore che potevo fare era aiutare lo sceriffo Gates a rintracciare il killer e servire la giustizia.

Zia Pearl, o piuttosto Carolyn, mi seguì al bar. Imprecò sottovoce mentre sollevava il suo bicchiere di vino. "Ti lamenti della mia magia." Trotterellò sui tacchi a spillo minacciando di rovesciare un secondo bicchiere di vino. "Hai superato ogni limite, Cendrine West."

Per un decimo di secondo mi sentii come una bambina di cinque anni che viene rimproverata. Poi tornai in me.

"Vai a cambiarti, zia Pearl." Usavo la magia solo come ultima risorsa, e se c'era un'occasione in cui mi sentivo autorizzata era questa. Il futuro dell'intera città dipendeva dalla cortesia di zia Pearl. Ma dovevo stare attenta, perché annullare la magia di un'altra strega richiamava ogni sorta di guai, anche se si trattava di mia zia.

E oltretutto una strega molto più potente di me.

"Shhh." Si portò un dito alle labbra. "Farai saltare la mia copertura."

"Sei ubriaca?" Era difficile capire se la sua instabilità era dovuta ai tacchi o al troppo alcol.

Mi ignorò.

"Non ti piace il mio nuovo vestito, Cen? L'ho appena comprato." Zia Pearl scosse la testa mentre tirava su il vestito sopra la coscia, lasciando esposta la pelle. Si mise in equilibrio precario sullo sgabello. Il suo bicchiere pieno di vino dondolò pericolosamente, minacciando di cadere.

"Non intendevo un cambiamento di abiti. Lascia perdere la parte di Carolyn."

"Ma avevo appena iniziato." Zia Pearl sporse in fuori le labbra. "È una delle mie preferite."

"Per favore, zia. Dobbiamo parlare. Ti rendi conto che sei l'unica sospettata per l'assassinio di Sebastian Plant?"

"Mi stai accusando di omicidio?" Zia Pearl sbatté con forza il bicchiere sul bancone, schizzando vino dappertutto.

"Certo che no." Mi asciugai le gocce di vino dal volto. "Ma tutte le prove puntano a te e a nessun altro. Ti devo anche parlare di Hazel."

"Cosa c'entra Hazel?" Mi guardò con sospetto.

"Non qui." Avevo paura anche solo di parlare della supposta storia tra Hazel e Sebastian ma non sapevo dove altro cercare. Si preparava un disastro, dato che zia Pearl non era molto brava a mantenere i segreti. "Abbiamo bisogno di parlare in privato."

Lei si illuminò subito. "Andiamo alla Scuola di Fascinazione di Pearl. Ma solo se accetti di iscriverti al mio corso di magia."

"Ti toglierai quei ridicoli vestiti e ritornerai normale?" Almeno tanto vicina al normale quanto poteva essere zia Pearl.

La zia annuì. "Voglio anche indietro la mia bacchetta."

"Andiamo con ordine." Non potevo fare molto per farle riavere la bacchetta ma non era il caso di dirglielo. La mia priorità era neutralizzare zia Pearl prima che potesse provocare altri danni. "Mi iscriverò alla tua stupida scuola di magia, ma solo se tu prometti di smetterla con i tuoi trucchi per il resto del weekend."

La sua espressione si illuminò all'istante. "Lo farai?"

"Sì." Mi ero già pentita della promessa. "Ma solo se farai procedere regolarmente la nostra inaugurazione e risponderai alle domande dello sceriffo sull'omicidio." La Scuola di Fascinazione di Pearl era specializzata in incantesimi e sortilegi, due aree in cui ero terribilmente carente. Non avevo alcun desiderio di migliorare ma avrei fatto qualunque cosa per rabbonire zia Pearl e fermare il disastro. "Ci vediamo tra mezz'ora alla Scuola di Fascinazione di Pearl."

Avevo a malapena finito di parlare che zia Pearl andò diretta all'uscita e sparì. Esaminai il bar e notai con soddisfazione che i frequentatori abituali erano tornati a giocare a biliardo, a freccette o a qualunque cosa stessero facendo prima dello show di Carolyn Conroe. Alcuni se ne erano anche andati. Il *Witching Post* era tornato alla normalità ed era mezzo vuoto.

Tonya Plant sorseggiava il vino da sola. Gli investigatori avevano finito con la sua stanza ma lei non sembrava volerci tornare. La sua espressione sembrava più soddisfatta che straziata dal dolore.

La osservai e pensai alla relazione tra i Plant. Sembravano una coppia felice ma in realtà nessuno sapeva cosa succedeva nel matrimonio a parte le due persone coinvolte. Soprattutto nel caso di figure pubbliche come loro.

Dubitavo che Tonya avesse la forza fisica per fargli del male. Lui avrebbe potuto facilmente disarmarla. Lo stesso valeva per zia Pearl, anche se mia zia era una strega e avrebbe potuto produrre una forza soprannaturale con un tocco di bacchetta. Comunque, non ne aveva motivo.

Solo un uomo di corporatura simile a Sebastian Plant avrebbe potuto farlo, dato che alcune delle ferite erano alla testa.

Sapevo dai telefilm polizieschi che guardavo che l'ottanta percento delle vittime veniva ucciso dal coniuge. Tonya avrebbe potuto incaricare qualcuno di uccidere il marito. Se fosse stata al corrente della storia tra Sebastian e Hazel avrebbe avuto un movente. Come moglie di Sebastian doveva essere sospettata ma non ero sicura che lo sceriffo fosse a conoscenza della relazione clandestina.

La cosa certa è che Tonya non era una vedova sofferente e io volevo dimostrarlo.

CAPITOLO 15

Erano quasi le dieci quando arrivai alla Scuola di Fascinazione di Pearl. Il mio animo si risollevò nel vedere le luci accese. Zia Pearl era al sicuro all'interno, fuori dai guai, almeno per il momento. Mentre mi avvicinavo notai un'insegna al neon a forma di scopa sull'ingresso principale. Sotto la scopa verde lampeggiava *Aperto-Aperto-Aperto* in neon bianco.

L'odio di Zia Pearl per i cartelli autostradali non sembrava coinvolgere la sua insegna. Era tutto fuorché oscura. Non mi piaceva l'evidente pubblicità che zia Pearl faceva a una scuola per streghe ma era bello vedere il vecchio edificio di nuovo utilizzato.

Quando spinsi la porta, una campanella suonò per annunciare il mio arrivo. La scuola assomigliava molto a quello che ricordavo dai giorni delle elementari. Neanche il colore dei muri e il linoleum erano cambiati.

"Da questa parte." La voce di mia zia echeggiò lungo il corridoio e io la seguii fino alla prima aula. La scuola era stata costruita ai primi del '900 con due classi, sufficienti per la popolazione di quei tempi. Aveva chiuso da qualche anno, perché non ci potevamo più permettere il personale scolastico. Attualmente i bambini venivano portati in autobus a scuola a Shady Creek, un triste segno dei tempi.

Zia Pearl era occupata ad accendere candele votive sul davanzale.

"Cosa c'è tra te e il fuoco?" Proseguii verso un'estremità della stanza e osservai l'ambiente. Dovevo ammettere che la luce delle candele creava una certa atmosfera. In una parola, era affascinante.

In ogni caso non lo avrei ammesso davanti a zia Pearl.

"Dai, Cen, rilassati. Devi sempre essere così seria?"

"Forse non lo sarei se non dovessi in continuazione starti alle calcagna per tenerti fuori dai guai." A dire il vero, zia Pearl a volte costituiva un lavoro a tempo pieno. E al momento avevo abbastanza problemi miei.

"Non sono nei guai e posso badare a me stessa. Smetti di preoccuparti per me," disse zia Pearl.

"Sei in un mare di guai. Se non mi preoccupo per te, distruggerai la nostra piccola azienda prima ancora che inizi l'attività," dissi. "Perché hai mentito e hai detto che eri con la mamma? Lei sostiene che non è vero. Tu non hai un alibi, giusto?"

Zia Pearl alzò gli occhi al cielo ed emise un sospiro esagerato. "Tu non molli mai, Cen."

"Questa è una cosa importante, zia Pearl. Se non aiutiamo l'indagine a prendere un'altra direzione sarai accusata di omicidio."

"Va bene." Incrociò le braccia e mi guardò di traverso. "Ero con Hazel. È arrivata questa mattina."

"Non ti credo. Voi due non vi parlate nemmeno." Sospirai pensando a mio fratello. Povero Alan.

"Abbiamo dichiarato una tregua, Cen. Tempi duri richiedono misure estreme."

"Quali tempi duri?" Ero confusa ma sentivo anche sorgere la speranza. "Hazel è ancora qui? Forse può riportare Alan alla sua forma umana."

Zia Pearl scosse la testa. "No, le cose non sono mai andate

bene. C'è qualcosa di molto importante che sta succedendo e la Travel Unraveled ne è proprio al centro. Dovevamo fermare l'agenzia immobiliare."

"A proposito di Alan, so che non vede l'ora…"

"Non ora, Cen." Alzò la mano, con il palmo rivolto all'esterno come gli agenti che dirigono il traffico. "Siamo in guerra."

"Noi dobbiamo mandare avanti i nostri affari, zia Pearl. Sebastian Plant avrebbe potuto portarci una pubblicità enorme," dissi. "Ora saremo noti come il posto dove è stato ucciso. Quando è arrivata Hazel?" Due streghe motivate erano peggio di una sola.

La zia alzò le spalle. "Credo verso le nove stamattina."

"Proprio verso l'ora dell'omicidio." Esaminai la stanza ma non c'era traccia di Hazel. "Ora dov'è?"

"È tornata a Londra un'ora fa."

Le spalle mi si afflosciarono per la delusione. Ero di nuovo al punto di partenza con l'indagine e la speranza di rivedere Alan in forma umana era svanita.

Come amante di Sebastian, Hazel aveva un movente validissimo. L'alibi di zia Pearl non aveva molto valore, dato che veniva da un altro potenziale sospetto. "Qualcuno vi ha viste insieme?"

"No." Zia Pearl scosse la testa. "Siamo quasi sempre rimaste qui a bere caffè e aggiustare le cose."

"Questa è la bugia più ridicola che abbia mai sentito." Incrociai le braccia e sollevai le sopracciglia. "Voi due non ve ne state semplicemente sedute. Hazel non avrebbe attraversato mezzo mondo solo per parlare."

"Okay, magari siamo andate al gazebo. Hazel e io abbiamo seguito Sebastian Plant al gazebo, con l'intenzione di svergognarlo e spaventarlo un po' e così fargli lasciare la città. A quel punto abbiamo visto il suo aggressore, il tipo con la felpa nera con il cappuccio. Non abbiamo niente a che fare con il suo omicidio, lo giuro. Hazel era talmente sconvolta da tutto quanto che ha lasciato immediatamente la città. Dillo pure allo sceriffo."

"Perché non lo fai tu? Ripensandoci, è meglio di no. Nominare

Hazel farebbe sorgere tutta una serie di altre domande che ci rivelerebbe come streghe. Spiegare che lei può semplicemente teletrasportarsi qui in pochi minuti complica solo le cose." Così come la sua storia con Sebastian Plant ma io contavo anche sulla sua innocenza. Sembrava più semplice trovare il vero assassino che provare l'innocenza di Hazel e Pearl. "Dimmi cosa sai del tipo con la felpa col cappuccio nera. Finora è la nostra unica traccia."

"È stata una lunga giornata, Cen. Cerchiamo tutte e due di chiudere un po' gli occhi." Zia Pearl si alzò e mi indirizzò verso il corridoio. "Penserò a un piano per tirarci fuori da questo pasticcio."

Alzai le braccia in segno di protesta. I piani di zia Pearl non avrebbero fatto altro che portare ulteriori guai. D'altra parte, se avessi fatto altre obiezioni avrei perso la sua collaborazione. "Okay, va bene. Ma voglio parlare con Hazel e verificare la tua versione."

Mi diedi un'ultima occhiata intorno e mi resi conto che la zia aveva lavorato nella vecchia scuola più o meno per tutto il tempo in cui noi ristrutturavamo la locanda. Causava un sacco di guai ma riusciva anche a fare le cose come nessun altro. La Scuola di Fascinazione di Pearl sembrava una vera scuola. I banchi degli studenti erano stati tutti sistemati e c'erano scorte di materiale sugli scaffali che coprivano i muri. L'unica differenza erano la palla di cristallo sulla cattedra e una lavagna con scritti incantesimi magici invece di formule aritmetiche.

"È quello che penso?" Andai verso la lavagna e studiai l'oggetto familiare nella vaschetta dei gessi. "Non sapevo che avessi una seconda bacchetta."

"Non ce l'ho."

"Ma la tua bacchetta è custodita come prova. È sotto chiave alla stazione di polizia." Mi cascò la mandibola. "Dimmi che non l'hai portata via."

"Okay, non te lo dico. Ora di andare a dormire." Sorrise allegramente e mi scortò verso la porta.

"E se sulla tua bacchetta ci fossero le impronte digitali dell'assassino? Potresti aver distrutto l'unica prova che poteva farti togliere dalla lista dei sospetti." Speravo solo che la polizia avesse rilevato le impronte prima che zia Pearl la prendesse.

Lei gettò la testa all'indietro e rise. "Non è una prova, dato che non ho niente a che fare con l'omicidio di quell'uomo. Sono tutti concentrati sull'omicidio ma è stato commesso un crimine anche più grave. A nessuno importa niente della mia bacchetta rubata, così me ne sono occupata personalmente e me la sono ripresa."

"Intendi dire che tu l'hai rubata. È quello che hai fatto quando l'hai presa dall'armadietto delle prove della polizia." Scossi la testa. "Come faccio ad aiutarti se non fai qualcosa anche tu?" L'occultamento delle prove poteva avere conseguenze di vasta portata.

Zia Pearl mi ignorò. "Ho il diritto di avere le mie cose."

"Ormai è un po' tardi, ma non sono qui per criticarti." Camminavo avanti e indietro davanti alla lavagna. "C'è un'altra cosa che ti devo chiedere. Sapevi della storia tra Sebastian Plant e Hazel?"

Zia Pearl restò a bocca aperta in finto stupore. "Davvero?"

"Non giocare con me. Stai proteggendo Hazel ma zia Amber mi ha detto tutto." Stavo esagerando, ma se Amber sapeva di quella relazione, la migliore amica di Hazel, Pearl, doveva saperne anche di più. "È per quello che voi due siete andate al gazebo, non è così?"

Zia Pearl fece una smorfia con la bocca e non rispose subito. "Okay, sapevo della storia. Non concordo con la morale di Hazel ma lei non avrebbe mai ucciso Seb, quindi non vedo perché avrei dovuto dirlo. Non volevo complicare le cose."

"L'amante di Hazel viene ucciso sulla nostra proprietà e tu non pensi che sia il caso di dirlo?" Ripetei i pochi dettagli di zia Amber. "Cos'altro sai di Sebastian Plant che non stai dicendo?"

"Voleva divorziare da Tonya e sposare Hazel." Giocherellava con la stella di filigrana sulla bacchetta. "Hazel era preoccupata per la sicurezza di Seb. Così mi ha chiesto di tenerlo d'occhio."

"Per fortuna te lo ha chiesto. Non credo alla tua storia." Quei due erano una coppia improbabile quanto Tonya e Sebastian. Hazel era intorno ai settanta e Sebastian Plant intorno ai cinquanta, con una moglie giovane e attraente sui trenta. "Hazel deve avere quarant'anni più di Tonya."

"Non essere ingenua, Cen. Hazel si trasforma proprio come me nella parte di Carolyn Conroe. Anche Tonya lo fa." Sbuffò. "Gli uomini sono dei tali creduloni."

Mi cascò la mandibola. "Tonya è una strega?" Mi venne in mente il commento della mamma sul fatto che la bacchetta di zia Pearl fosse interessante per un'altra strega. L'aveva rubata Tonya per evitare ritorsioni da parte di zia Pearl?

Zia Pearl annuì.

"È impossibile. Una strega ti avrebbe scoperta nel tuo show da Carolyn Conroe."

"Oh, Tonya sapeva esattamente cosa stavo facendo. È semplicemente stata al gioco per salvare le apparenze. Per lei è abbastanza difficile mantenere l'aspetto di vedova sofferente." Zia Pearl fece un sorriso furbetto. "È una strega mediocre e la sua magia non è niente di notevole. Però è brava in una cosa."

"Cosa?"

"Incantare gli uomini." Zia Pearl toccò con la bacchetta la lavagna. "Anche tu potresti diventare brava, se ti impegnassi un po'."

"Vuoi dire quello che fai tu con la tua parte sfacciata da Carolyn Conroe?"

Zia Pearl alzò gli occhi al cielo. "Se tu trascorressi più tempo alla WICCA e nel mondo magico allora non ti dovrei spiegare ogni minimo dettaglio ma alla fine ci arrivi. Non solo lei è una strega, ma vuole qualcosa che noi abbiamo."

"Mi dirai cosa o devo indovinare anche quello?"

"Tonya vuole la città, Cen. Questo è il vero motivo per cui ho bruciato il cartello autostradale. Non potevo lasciare che la trovasse." Asciugò una lacrima immaginaria dalla guancia. "Ho fallito miseramente."

"Perché diavolo dovrebbe volere Westwick Corners? I Plant

sono miliardari, Praticamente possiedono l'intera industria del turismo con i loro show di viaggi, libri e resort. Ci sono milioni di posti migliori per un resort rispetto alla nostra città quasi-fantasma." Mentre mi uscivano queste parole di bocca improvvisamente mi balenò in mente che nemmeno io credevo nel futuro della città.

Triste.

Zia Pearl sospirò. "Spero che non ci voglia tutta la notte. Westwick Corners si trova su uno dei vortici di energia della Terra. Il nostro vortice non è neanche lontanamente famoso quanto alcuni degli altri, come Stonehenge e Sedona, in Arizona. Cerchiamo di tenerlo segreto. In effetti, è per questo che la famiglia West si è originariamente stabilita qui. Potenzia i nostri poteri. Mi segui fin qui?"

Annuii. Sapevo qualcosa dei vortici di energia ma le leggende di poteri speciali e portali per le altre dimensioni o mondi mi sembrava sfiorasse il ridicolo. "Non vedo come distruggere il cartello autostradale avrebbe potuto fermarla. Qualunque strega mediocre sarebbe attirata da un vortice di energia."

"Solo se fosse abbastanza vicina da sentire l'energia. Ecco perché sono contraria al turismo, Cen. Ho fatto di tutto per tenerla lontana ma non è bastato. Ora è troppo tardi." Le lacrime di zia Pearl questa volta erano vere. "Il mega resort Travel Unraveled di Tonya trasformerà Westwick Corners nella Las Vegas del mondo spirituale, solo una nuova fermata lungo la superautostrada del soprannaturale."

"Tutto quello che c'è oggi verrà raso al suolo e sostituito. Io amo questo posto, Cen. Morirei piuttosto di veder rovinato il nostro angolo di paradiso."

Non avevo mai visto zia Pearl così emotiva prima ma era chiaramente fuori di sé. "Se non altro, la Travel Unraveled avrebbe rivitalizzato la nostra città. Avrebbe attirato più persone anche promuovendo il vortice. Staremmo tutti meglio."

"Un resort per streghe, Cen. L'intero mondo soprannaturale scenderà su di noi. La nostra città è troppo fragile per essere percorsa da esseri soprannaturali. Sarebbe un incubo. Non hai idea di quanto sarebbe tremendo."

"Ma gli altri resort di Travel Unraveled non sono per streghe."

Zia Pearl rimase a guardarmi e scosse la testa. "Hai tanto da imparare, Cen. Spero solo che non sia troppo tardi."

CAPITOLO 16

Mantenni la promessa fatta alla mamma e accompagnai zia Pearl alla locanda prima di tornare a casa. Non avevo modo di assicurarmi che la zia restasse alla locanda ma era il massimo che potevo fare. Dopo tutto quello che mi aveva detto, mi aspettavo nuovi guai, soprattutto con zia Pearl e Tonya sotto lo stesso tetto. Stava per succedere qualcosa di terribile.

Arrancai attraverso il giardino verso la mia casa. Avevo sempre amato l'isolamento della dimora sull'albero sul retro della proprietà ma stanotte mi metteva un po' a disagio. Dopo tutto, c'era un assassino a piede libero.

Ero contenta che Hazel e Pearl avessero fatto la pace ma temevo anche che quelle due avessero potuto dare inizio a qualcosa che non si poteva riportare indietro. Avevo in programma di chiamare Hazel come prima cosa la mattina e farmi raccontare della sua visita e dell'uomo al gazebo. Avrebbe potuto confermare la versione di Pearl o avrei scoperto che entrambe mentivano. L'aggressore in felpa nera con cappuccio che correva nel prato poteva essere un'invenzione ma al momento non avevo altro.

Quando raggiunsi casa mia stavo quasi dormendo in piedi. Era stata una giornata lunga. Mi arrampicai a fatica sulla scala a chiocciola di legno. La mia tana era costruita su una massiccia quercia. Negli anni, la struttura originale era stata modificata e ampliata per quanto permettevano i rami che la avvolgevano. Anche l'albero era cresciuto; uno dei rami in effetti era arrivato all'interno del salotto.

Pensai ai commenti di zia Pearl sul fatto che Sebastian Plant voleva divorziare. Questo avrebbe dato a Tonya un buon movente per l'omicidio. Ma se era stata lei a compiere il crimine non avrebbe potuto farlo da sola. Se non altro perché Sebastian era grande il doppio.

Ritornai con la mente al biglietto lasciato sulla scena del crimine. Potevo visualizzare le lettere in stampatello molto chiaramente, come se avessi il testo davanti agli occhi. Mossi la bocca in silenzio per recitare le prime righe mentre raggiungevo la sommità delle scale:

THOUGH YOU TRAVEL FAR and wide,
*   You'd be best to run and hide,*
*   Your business was built on travel,*
*   But it is here that you become unravelled,*

MI GELAI sul pianerottolo del portico mentre riflettevo sulla parola inglese.

Hazel era inglese.

Zia Pearl no.

La visita di Hazel coincideva con l'assassinio. Anche se non mi sembrava capace di tanto in realtà non la conoscevo così bene. Forse dopo tutto era stata lei.

Mi vennero i brividi e spinsi la pesante porta di legno per aprirla. Mentre attraversavo la soglia decisi di dimenticarmi di tutto e godermi la serata. Ero stanca morta ed era già tardi. Almeno per le ore successive avrei potuto rifugiarmi nel mio rustico castello fatato e dimenticarmi del mondo. Tutto quello che volevo era il mio letto confortevole e chiudere gli occhi. Tutti i miei problemi sarebbero stati lì ad aspettarmi, domani.

Colsi un lampo di bianco e nero mentre Alan correva verso la porta, dimenando la sua corta coda da collie. Almeno c'era qualcuno felice di vedermi. Sentii una fitta di rimorso quando mi scortò verso la cucina e con la zampa diede un colpetto alla sua ciotola.

Avevo lasciato un po' di cibo in più per lui quando ero uscita la mattina ma non avrei mai pensato di restare fuori così a lungo. Povero Alan. Gli riempii il piatto e la ciotola dell'acqua e lo guardai divorare la cena mentre pensavo a Hazel. L'ultima volta che l'avevo vista era stato un mese prima, quando lei e Pearl avevano litigato.

Alan mi diede la scusa perfetta per contattare Hazel. Avrei potuto pregarla di far tornare Alan alla sua forma umana e, nel corso della chiacchierata, scoprire di più su dov'era al momento dell'assassinio.

"Grazie a Dio sei finalmente a casa!" Un'apparizione dall'aspetto di fantasma volò nella porta della cucina.

Mi si fermò il cuore, finché non mi ricordai che la nonna Vi, conosciuta anche come Violet West, si era trasferita da me il pomeriggio precedente contro la propria volontà. Il suo appartamento nella dimora di famiglia ora era una stanza per gli ospiti. Eravamo temporaneamente coinquiline, finché non mi fossi trasferita dalla casa sull'albero a quella di Brayden entro qualche settimana. Nessuna di noi gradiva la sistemazione ma non c'erano proprio altre possibilità.

"Mi hai aspettata sveglia?" Provai un impulso di tenerezza a quel pensiero.

"Non essere sciocca, Cen. I fantasmi non dormono." Nonna Vi tirò su con il naso. "Dove sono gli asciugamani? Non riesco a trovare niente in questo casino. Sei davvero disordinata."

"Tu sei un fantasma. Perché hai bisogno di un asciugamano?" Nonna Vi era morta due anni prima e subito era tornata a visitarci come spettro. In tutto questo tempo non aveva mai chiesto un asciugamano. Sospettavo che cercasse solo una scusa originale per ficcare il naso tra le mie cose. Non che i fantasmi potessero essere minimamente ovvii, è naturale.

Nonna Vi sospirò e scosse la testa. "Tu non capiresti. La tua mente troppo occupata è esattamente come questa casa, troppo piena. Niente è al suo posto."

"Gli asciugamani sono nel ripostiglio della biancheria."

"Io là non ci entro." Nonna Vi galleggiò di fronte a me e mi bloccò la strada.

Perché un fantasma che poteva attraversare i muri avesse paura di un ripostiglio andava oltre la mia comprensione. "Come vuoi. Qualcos'altro?" Tutto quello che desideravo era qualche minuto di pace e silenzio per riprendermi prima di andare a letto.

Nonna Vi gettò le braccia da fantasma al cielo. "Quello stanzino è un manicomio. Forse hai scelto la professione giusta, dopo tutto."

"Cosa intendi dire?" Dopo una giornata frustrante con le prove del matrimonio, le scene di Pearl e l'inaugurazione della locanda e, naturalmente, l'omicidio di Plant, volevo solo buttarmi sul letto e dormire. Girai per passare oltre nonna Vi.

La nonna si rifiutò di farmi passare, anche se tecnicamente avrei potuto semplicemente passare attraverso la sua forma trasparente. Ma io rispettavo gli anziani, anche se loro non rispettavano me.

"Tu hai tante domande ma non hai mai le risposte. I giornalisti non dovrebbero avere entrambe?" Abbassò le mani e si fece da parte per farmi passare. "Aaah… stai pensando a un uomo e non è Brayden."

La nonna Vi è, o meglio era, una strega come tutte noi ma da quando era diventata un fantasma poteva anche leggere nella mente. Ero così stanca che avevo abbassato la guardia e mi ero dimenticata di bloccare i miei pensieri. Non mi ero nemmeno resa conto di pensare a lui.

Era difficile non pensare al corpo muscoloso di Tyler Gates

sotto l'uniforme da sceriffo. "È solo il nuovo sceriffo. Ha iniziato oggi," dissi nel tono di voce più innocente che mi riuscì. Non ero sicura se nonna Vi vedeva anche le immagini nella mia testa o leggeva solo le parole ma era inquietante pensare che poteva scrutarmi nell'intimo.

"Abbiamo tra le mani un omicidio." Le raccontai dell'incontro al gazebo, compresa la bacchetta magica di Pearl. Tralasciai i commenti di zia Pearl su Tonya e i progetti per il resort perché non volevo farla alterare.

Nonna Vi volteggiò sopra di me mentre mi levavo le scarpe e percorrevo il corridoio diretta in salotto. "Sarà meglio fare una ricognizione." Sembrava non vedesse l'ora di fare qualcosa.

"No, nonna. Lascia che se ne occupi la polizia." Cambiai argomento. "La mamma è preoccupata per gli affari della locanda."

Nonna Vi sorrise. "Forse dopo tutto riavrò la mia vecchia stanza."

"Ne dubito." L'omicidio avrebbe affossato i nostri affari prima che fossero decollati. Ora non avremmo più recuperato le spese della ristrutturazione. L'unico modo in cui nonna Vi avrebbe potuto rimanere alla locanda sarebbe stato dividendo la stanza con zia Pearl. Le loro discussioni avrebbero solo attirato maggiore attenzione non desiderata e nonna Vi avrebbe potuto volare in giro e spaventare gli ospiti.

Cambiai argomento. "La locanda è riuscita davvero bene." Era stato faticoso fare la ristrutturazione in modo che l'aspetto restasse il più autentico possibile, dalle finestre con i vetri decorati fino ai pavimenti di abete. "Sembra proprio come nuova."

"Non saprei." Tirò su con il naso. "Sono bandita, tenuta prigioniera in questo stupido albero. Se vuoi il mio parere si tratta di persecuzione."

"È tutto per il meglio, nonna. In qualche modo dobbiamo guadagnarci da vivere e questo è quello che abbiamo. Sei libera di andarci ogni volta che gli ospiti non ci sono. Sembra proprio come ai vecchi tempi, quando ci abitarvi."

"Ma quanto vecchia pensi che sia esattamente? Quel posto era vecchio anche quando ci vivevo io." Anche da morta, nonna Vi era sensibile sull'argomento età.

"Non sei per niente vecchia. Solo più vecchia di me." In salotto, mi diressi verso il divano.

"Basta parlare di età, torniamo all'omicidio. È troppo pericoloso festeggiare qui il tuo matrimonio, Cen. Dovresti annullarlo." La nonna e Brayden non andavano d'accordo. Ma per Brayden nonna Vi era morta, dato che lui non poteva vedere i fantasmi. Quindi in effetti era solo nonna Vi che non andava d'accordo.

"Non annullerò il matrimonio. Perché dovrei farlo?" Almeno la nonna non mi aveva ancora letto il pensiero a questo proposito. Mi buttai sul divano, distrutta.

Fece spallucce. "La speranza è l'ultima a morire." La sua forma si solidificava gradualmente mentre volteggiava nella stanza e mi passava sopra.

Le raccontai il resto degli eventi della giornata, compresa la dimostrazione pirotecnica di Pearl sull'autostrada e il suo show da Carolyn Conroe. "Dovrebbe cercare di abbassare un po' i toni prima di far scappare un altro sceriffo. Non possiamo vivere in una città senza legge. Non potresti parlarle?"

"Vedrò cosa posso fare. Ora raccontami di questo nuovo sceriffo."

Descrissi il confronto nel mio ufficio e l'accettazione di malavoglia della multa di zia Pearl. Forse dopo tutto sarebbe rimasto.

Nonna Vi sospirò. "Dille di venire a trovarmi."

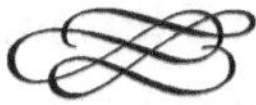

CAPITOLO 17

*E*ro appena riuscita ad addormentarmi quando mi svegliai sentendo abbaiare davanti alla mia finestra.

"Svegliati, Cen." Nonna Vi volteggiava sopra di me. Agitava le braccia trasparenti avanti e indietro. "Apri la finestra. Fuori c'è Alan."

Ubbidii e guardai in basso per vedere Alan che correva in cerchio e abbaiava. Non mi ricordavo di averlo messo fuori.

Alan ringhiò e corse per qualche metro verso il vigneto, tornò indietro e fu di nuovo sotto la finestra. Guardava su verso di noi con occhi imploranti.

"Non riesco a vedere al buio. Un attimo." Mi precipitai fuori dal letto e afferrai una torcia dal comodino prima di dirigermi alla porta principale. Nonna Vi galleggiava alcuni metri dietro di me. Alan scappò dentro non appena aprii la porta. "Quanto vorrei che tu potessi parlare."

Alan scosse il corpo peloso di cane e mugolò mentre mi guardava.

"Cosa succede?" La voce mi si spezzò mentre pensavo di quanto poco avevo mancato Hazel e la possibilità di far tornare Alan normale. Mi sentivo male per mio fratello.

Alan andò avanti e indietro prima di dirigersi nel salotto.

"Dice di andare alla finestra." Forse nonna Vi poteva leggere anche le menti canine o almeno una mente umana intrappolata in un corpo canino.

Lo seguii nel salotto mentre nonna Vi volteggiava dietro di noi. La finestra dava direttamente sul vigneto. Le nuvole coprivano in parte la luna, dando al cielo notturno una strana luminosità. Si vedeva abbastanza per identificare la forma del vigneto, ma non molto di più. "Non vedo niente."

Alan saltò sul divano e mi diede un colpetto al braccio con il naso.

"Laggiù?" Mi girai verso destra, dove due figure nell'ombra erano in piedi al limite della vigna, alcuni metri più in là. Era troppo scuro per riconoscerle a parte il fatto che erano due uomini con una corporatura magra.

"Quello è Brayden!" Nonna Vi scosse la testa. "Cosa diavolo sta facendo nella nostra vigna? Non mi sono mai fidata di quel giovanotto. Non promette niente di buono."

"Non è possibile che tu lo riconosca da qua." Provai a strizzare gli occhi ma non faceva differenza.

"Devi farti controllare la vista, Cen, o forse semplicemente non vuoi affrontare i fatti che riguardano il tuo bello."

"Quali fatti?" Brayden non aveva mai mormorato una parola poco gentile verso nonna Vi. Non avevo idea del perché lei lo disprezzasse tanto.

Nonna Vi mi ignorò.

"Cosa sta facendo Brayden con quell'altro tipo?" Nonna Vi volteggiava al nostro fianco verso la finestra.

"Non riesco a vedere bene…" Strizzai gli occhi ma nell'oscurità vedevo ancora solamente la loro sagoma.

"Stanno misurando i passi, come se fossero a un punto morto."

Brayden impegnato in un duello nella vigna in piena notte era ridicolo ma ora che i miei occhi si erano adattati all'oscurità vidi che la nonna aveva ragione. Riconobbi il suo passo lento e risoluto. Camminava in linea retta, contando i passi.

"Stanno misurando a passi un grande quadrato, Cen. È esattamente il genere di cose che le persone fanno quando devono sviluppare una proprietà."

"Davvero?" Mi sembrava un metodo poco affidabile di verificare una proprietà in questi giorni e in quest'epoca. "Finché non si tratta dei venti passi di un duello, per me va bene." Mi tornarono alla mente i piani di sviluppo della Centralex nella stanza di Tonya e provai una sensazione di disagio. Ma non era il momento di confidarmi con nonna Vi. Mi allontanai dalla finestra e tornai nella mia camera, dove il letto morbido mi aspettava.

"Aspetta, Cen. Spero tu non stia progettando qualcos'altro qui intorno senza avvisarmi." Tirò su con il naso. "È già abbastanza brutto essere cacciata dalla mia casa e esiliata in questo fortino disordinato sull'albero. Suppongo che anche questo albero verrà abbattuto per fare spazio alla giungla d'asfalto. Resterò senza casa." La sua apparizione sbiadì come faceva quando era davvero arrabbiata.

"Non succederà niente del genere," dissi. "Devono essere usciti per prendere un po' d'aria fresca." Ma la passeggiata di Brayden dopo mezzanotte faceva sorgere anche a me qualche sospetto. Evitava l'esercizio fisico appena poteva, comprese le passeggiate. Per lui ogni cosa doveva avere uno scopo. Nonna Vi aveva ragione. C'era sotto qualcosa di sospetto.

"Ecco che arriva l'altro tipo." Nonna Vi indicò un uomo a una ventina di metri da Brayden. Fece dietro front e riprese a camminare verso Brayden. Quando lo ebbe raggiunto fu evidente che era un poco più alto e con capelli lunghi fino alle spalle. Non era uno del posto o qualcuno che potevo riconoscere.

"Stanno di sicuro misurando qualcosa. Nemmeno a me piace," dissi. Non c'era motivo per cui Brayden dovesse mostrare la nostra proprietà a uno straniero.

Alan brontolò il suo accordo, poi si distese sul pavimento.

La nonna lo guardò con comprensione. "Poverino, devi essere stanchissimo."

Mi diressi in silenzio verso la cucina e frugai nel frigorifero.

Trovai un osso che Alan poteva rosicchiare. "Domani ne parlerò a Brayden." Subito prima di spezzargli il cuore. Questo pensiero mi riportò al mio umore nero. All'improvviso non avevo più sonno.

"Ancora una cosa, Cen."

"Cosa?"

"Conosco il tuo segreto." La nonna mi provocava come un bambino di terza elementare il giorno di San Valentino. "Tu lo stavi sognando."

"Entri nei miei sogni?" La mia nuova coinquilina stava superando i limiti e non mi piaceva neanche un po'. L'avrei sopportata per un paio di settimane ma se avessi annullato il matrimonio, questa sistemazione poteva diventare permanente. Dovevamo trovare una soluzione diversa.

"Hai una cotta e non è per Brayden." Fece un risolino sciocco, da bambina delle elementari.

"Non so di cosa stai parlando." Chiusi gli occhi e cercai di ignorarla.

"Quel nuovo sceriffo ha un bell'aspetto. Perché non ti metti con lui?" Mi riservò un sorriso fantasma.

Mi sentii arrossire. Non mi mettevo con nessuno, figuriamoci Tyler Gates. La mia attrazione fisica per lui era naturale per qualunque donna americana con un po' di sangue nelle vene, no? Mi ripetei che era tutto qui ma non potevo togliermelo dalla testa. Quando il sonno ebbe la meglio, i miei pensieri andarono al matrimonio. Solo che questa volta lo sposo non era Brayden Banks.

CAPITOLO 18

Mi svegliai poco prima delle sette, distrutta dopo una notte per lo più senza sonno. Aprii una scatoletta del cibo per cani preferito da Alan e gliene versai una dose doppia, per farmi perdonare di essere arrivata a casa tardi la sera prima. Decisi di trovare il modo di convincere Hazel a tornare e riportare mio fratello alla normalità.

Il mio stomaco brontolò mentre odoravo la puzza del cibo per cani. Avevo bisogno di caffeina, uova e toast. Come fantasma, nonna Vi non mangiava, quindi decisi di andare a fare colazione alla locanda. Un buon pasto fatto in casa era proprio quello di cui avevo bisogno per rimettere in pista il mio spirito investigativo.

Guardai verso Alan che aveva già divorato il suo cibo e aspettava con impazienza vicino alla porta. Lo feci uscire mentre mi tornavano alla mente gli eventi della notte precedente.

La visita segreta di Brayden mi preoccupava e mi ricordava i commenti di zia Pearl riguardo Tonya. Non pensavo che Brayden e Tonya si conoscessero ma il loro interesse comune per la nostra proprietà andava un po' oltre la coincidenza. Volevo andare in fondo alla questione.

Lasciai nonna Vi e Alan di vedetta e promisi di tornare a

controllare qualche ora dopo. Dato che né la nonna né Alan potevano usare il telefono, sarei dovuta ritornare alla casa sull'albero più tardi nella mattina. Avevo convinto nonna Vi che Alan aveva bisogno di compagnia. Era l'unico modo per cercare di farla restare alla casa sull'albero. Con tutto quello che stava succedendo, nonna Vi aveva una gran voglia di visitare la locanda ma questo avrebbe solo complicato le cose.

Superai la vigna e attraversai il giardino mentre mi dirigevo alla locanda. Il cuore mi fece un salto mortale quando notai il SUV di Tyler Gates parcheggiato lì davanti. Mi lisciai i capelli e mi pentii della scelta di abiti di quella mattina: una maglietta sformata, pantaloncini, scarpe da ginnastica e niente trucco. Avevo una strana sensazione di fremito allo stomaco, qualcosa che non ricordavo di aver mai provato prima.

Rallentai il passo e ripensai agli obiettivi della giornata. La mia lista di cose da fare era piuttosto lunga. In cima c'era l'indagine su Tonya, per capire se zia Pearl aveva visto giusto riguardo il vortice, e la conferma che fosse una strega. I progetti di sviluppo dimostravano che quella donna aveva adocchiato la nostra proprietà ma questo non faceva di lei un'assassina.

Subito dopo dovevo parlare con Hazel. La sua visita coincideva esattamente con quella di Sebastian e Tonya ed era ancora più sospetta, sapendo del loro triangolo amoroso. Hazel stava agendo per incarico ufficiale della WICCA come pretendeva zia Pearl o era venuta a Westwick Corners per motivi personali? Avrei scommesso sulla seconda. Ero anche arrabbiata con Hazel. Se aveva fatto pace con zia Pearl, come minimo avrebbe potuto annullare subito la maledizione su Alan.

In breve, avrei condotto le mie personali verifiche in parallelo all'indagine di polizia. Solo che io mi sarei concentrata sugli elementi soprannaturali mentre lo sceriffo avrebbe seguito quelli tradizionali. Ovviamente senza che lo sapesse.

La chiave per entrambe le indagini era trovare l'uomo con la felpa nera col cappuccio. Non avevo niente da cui partire ma da qualche parte dovevo iniziare. Forse avrei fatto pressione sullo sceriffo per avere maggiori informazioni sull'uomo misterioso come pretesto per una storia. Speravo solo che stesse seguendo quella traccia.

Nel frattempo, zia Pearl continuava ad accumulare prove contro sé stessa. Prima di tutto quindi dovevo distogliere l'interesse dal sospetto numero uno, mia zia. Se il suo alibi con Hazel fosse stato confermato, ero abbastanza sicura che sarei riuscita a riportare l'indagine nella direzione corretta. Hazel era meno evasiva di mia zia, per cui se avesse collaborato avrei potuto scagionarle entrambe.

Certo, se erano innocenti.

Le pillole di saggezza di zia Pearl mi facevano pensare che non fosse coinvolta ma l'unico modo di deviare l'indagine ufficiale verso il vero assassino era trovare un indizio, che si trattasse di Tonya, del tipo con la felpa nera con cappuccio, o di qualcun altro. Un buon indizio avrebbe tolto dai guai mia zia e assicurato alla giustizia il vero colpevole.

Ultimo ma non ultimo, dovevo fare tutto il possibile per assicurarmi che Tyler Gates rimanesse al suo posto. Non volevo che lo sceriffo se ne andasse dalla città ma gli elementi soprannaturali avrebbero potuto essere troppo per lui.

La rivelazione di zia Pearl su Tonya aveva fornito al caso un punto di vista completamente nuovo. Il mondo della stregoneria era piccolo ma, in qualche modo, non avevo mai incontrato né sentito parlare di Tonya. Dovevo scavare nel suo passato.

Ero così presa dai miei pensieri che andai a sbattere contro zia Pearl mentre percorrevo il vialetto.

"Ehi!" Zia Pearl rimase su una sola gamba prima di riacquistare l'equilibrio. "Guarda dove cammini."

"Scusa." Guardai verso le finestre della sala da pranzo della locanda, sperando che nessuno, soprattutto non lo sceriffo Gates, avesse notato l'agile mossa di bilanciamento e recupero di zia Pearl. Sarebbe stato doppiamente difficile far passare la bacchetta per un bastone se lui avesse assistito al nostro scontro e ai movimenti di yoga avanzato di mia zia.

"Ora di lezione." Zia Pearl mi fece segno di seguirla.

"Non si può aspettare dopo colazione?" Mi pentii della promessa fatta a tarda notte ma ormai non ci potevo fare niente. Ero in trappola. Era evidente che era rimasta ad aspettarmi, dato che non era un tipo mattiniero.

Zia Pearl scosse la testa. "Deve essere ora. Poi ho altro da fare su Tonya."

Il mio cuore accelerò mentre pensavo al peggio. "Non dirmi che sei tornata nella sua stanza."

"Non esattamente, no."

"Puoi essere più specifica?"

Zia Pearl si guardò intorno per essere sicura che non ci fosse nessuno a portata d'orecchi. "Non qui. Seguimi."

CAPITOLO 19

Un'ora dopo mi agitavo nella mia sedia, in prima fila in un'aula della Scuola di Fascinazione di Pearl. Lottavo sia per restare cosciente che per mantenermi decisa. Soffrivo di privazione del sonno, ero terribilmente affamata e l'involontaria mancanza di caffeina mi provocava mal di testa.

Non ero nemmeno più vicina a scoprire le rivelazioni di zia Pearl su Tonya. Si era rifiutata di fornirmi qualunque dettaglio finché non avessi completato la mia prima lezione di magia. Un altro dei suoi sotterfugi.

Zia Pearl picchiettò la bacchetta sulla lavagna. "E così si fa un incantesimo di inversione. Capito?"

Io annuii anche se ero così distratta dalla mia lista di cose da fare, sempre più lunga, che avevo perso alcuni passaggi.

"Vediamo come lo fai."

Corrugai la fronte. "Possiamo farlo più tardi? Dovremmo concentrarci sulla soluzione dell'assassinio di Plant."

"No, no, signorina. Ora o mai più." Picchiettò la punta della bacchetta magica sul palmo della mano.

"Devi restituire quella bacchetta, zia Pearl. È una prova."

116

"Non è niente del genere. È la mia bacchetta di scorta."

"Ma ieri sera hai detto che l'avevi presa dall'armadietto delle prove."

"Non ho detto niente del genere. Lo hai pensato tu e io non avevo voglia di correggerti. Ogni brava strega ha una bacchetta di scorta, Cendrine. Devi sempre avere un piano di backup."

"Stai inventando, così io la smetto di scocciarti con questa storia. Devi restituirla allo sceriffo, zia Pearl."

"Non so di cosa stai parlando." Zia Pearl sbatte le ciglia. "Questa bacchetta è sempre stata qui."

"So che non hai due bacchette. Quello che non capisco è perché devi inventare delle storie."

Zia Pearl scosse lentamente la testa. "All'inizio ho pensato che fosse la mia bacchetta, quella nel gazebo. Ma non era la mia, solo una copia perfetta. La mia bacchetta è sempre stata qui."

"Non ti credo."

"Pensaci, Cen. Certo che avevo la mia bacchetta. In che modo altrimenti avrei potuto trasformarmi in Carolyn Conroe l'altra sera?"

"La domanda più importante è perché hai dovuto trasformarti."

"A-ha! Pensavo che non lo avresti mai chiesto. Dovevo distrarre Tonya mentre Hazel faceva il suo dovere."

Non mi piaceva il punto cui stavamo arrivando. "Cosa stava facendo esattamente Hazel?"

"Salvando Westwick Corners dalla distruzione e dalla rovina."

"Sei esageratamente drammatica." Mi alzai per andarmene.

Zia Pearl mi fece segno di tornare a sedermi. "Tonya ha creato una pozione per stregare me, Ruby, Amber e te. Ha in progetto di usarla a colazione. Ecco perché ho dovuto intercettarti."

"E allora Mamma? È alla locanda e sta preparando la colazione tutta da sola in questo momento. Non dovremmo avvisarla?"

"Tranquilla. Lei sa già tutto."

Per me la cosa non aveva ancora senso. "Perché la vuole usare su di me? Io non sono una proprietaria." Potevo capire che la mamma e le mie zie fossero dei bersagli ma io non avevo alcun interesse nella proprietà.

"No, ma Tonya sa che sei una strega. Hai influenza. Ha bisogno di neutralizzare anche te, così non puoi annullare il suo incantesimo. Questo è l'altro motivo per cui tu sei qui. Devi dare una ripassata alle tue capacità magiche se ci devi difendere."

Mi si formò un groppo in gola. "Difendervi da cosa?"

"La pozione di Tonya ci priverà del libero arbitrio. Saremo completamente in suo potere, incapaci di pensare o prendere decisioni. Ci costringerà a vendere la proprietà per una miseria. In cambio noi saremo squattrinate e senza casa."

"Non può fare una cosa del genere ai nostri giorni e in quest'epoca, zia Pearl. Ci deve essere un atto di vendita e il trasferimento della proprietà. Non funzionerà."

Zia Pearl alzò gli occhi al cielo. "Tu sei distratta da tutte queste stronzate burocratiche. Lei farà in modo che sembri normale ma quello non sarà quello che succederà sul serio. E questa non è la parte peggiore. Quando avremo perso il nostro libero arbitrio e la capacità di fare delle scelte, lei ci costringerà a fare la scelta finale: rinunciare ai nostri poteri."

"Non vedo come sia possibile. Noi siamo nate con questi poteri."

"Lo siamo ma, essendo dotate di libero arbitrio, possiamo sempre scegliere di rinunciarvi." I suoi occhi si fissarono nei miei. "Una cosa un po' come quella che stai facendo tu, nascondendo le tue capacità. Devi usarli o li perdi, Cen. Tonya ha già progettato tutto. Solo che non sa ancora cosa abbiamo trovato nella sua stanza venerdì mattina."

"Ti riferisci ai progetti?" Ripensai alla nostra visita nella stanza dei Plant e mi resi conto che zia Pearl sapeva un po' troppo riguardo al suo contenuto. "Tu sei stata in quella stanza altre volte prima di averci portato anche me, vero?"

"No." Zia Pearl sorrise in modo compiaciuto.

"Qualche volta proprio non ti capisco. Dici che non volevi Tonya qui ma sembra invece che tu l'abbia attirata. Tu sai molto più di quello che dici e io vorrei solo che tu fossi sincera. Se non vuoi dirlo allo sceriffo, almeno racconta tutto a me così ti posso aiutare."

"Ho dovuto ricorrere al piano B," disse zia Pearl. "Hai presente cosa dice Confucio: tieni vicino i tuoi amici e ancora più vicino i tuoi nemici. Ho registrato i Plant presto in modo da poter tenere d'occhio Tonya."

"Dubito che Confucio si riferisse al fatto che si deve attirare il disastro, ma in ogni caso." L'unica cosa positiva era che se zia Pearl teneva davvero Tonya sotto controllo, poteva almeno confermare alcune delle sue dichiarazioni.

Zia Pearl estrasse uno scontrino stropicciato dalla tasca e me la passò. "Guarda: questo era sul cassettone nella stanza dei Plant."

La ricevuta del Walmart di Shady Creek era datata giovedì alle 11:15 di sera. Gli oggetti elencati includevano guanti di plastica e borse per la spazzatura, il tutto pagato in contanti.

"Questo l'hai preso nella stanza di Tonya?"

Zia Pearl annuì. "A dire il vero, l'ha preso Hazel. Ora dobbiamo semplicemente darlo allo sceriffo senza dare l'impressione di collaborare."

"Noi?" Se era davvero una prova, zia Pearl l'aveva compromessa togliendola dalla stanza di Tonya. "Questo è un assassinio, zia Pearl. È un affare molto più grande del tuo battibecco con lo sceriffo. Puoi darglielo tu da sola." Lo sceriffo ora sapeva che Tonya e Sebastian Plant si erano registrati presto ma se considerasse Tonya un sospetto importante era tutta un'altra questione. A dire il vero mi sentivo male per lui, dal momento che mia zia aveva nascosto di proposito delle prove.

"No. Voglio che glielo dia tu." Appoggiò lo scontrino sul mio banco.

"Perché io?"

"Non sopporto la vista di quell'uomo."

Stavo perdendo la pazienza ma qualcuno doveva dare allo sceriffo quella prova importante e subito. Gli oggetti certo sembravano sospetti se acquistati nello stesso momento. "Va bene. Lo farò io."

Se zia Pearl aveva ragione riguardo a Tonya, non dovevamo perdere tempo.

CAPITOLO 20

In modo davvero soprannaturale, zia Pearl sembrava del tutto normale quando era vero il contrario. Le streghe spesso esagerano l'ordinario e minimizzano eventi importanti. Questo era uno di quei momenti e io temevo il disastro.

"Hai distrutto la tracciabilità delle prove prendendo questo scontrino, zia Pearl. Ora non va bene."

"È qui che ti sbagli, Cen. Potrebbe non andare bene in un tribunale mortale, ma noi abbiamo tutte le prove che ci servono per uno soprannaturale. È questo quello che conta."

Non ero d'accordo. Il tribunale di Washington era molto reale e le connessioni suggerite da zia Pearl si facevano sempre più labili, senza ombra di dubbio. "Sì, perché tu hai già rubato da loro."

"Questa bacchetta è mia, Cendrine. Come posso rubare qualcosa che era mio dall'inizio?"

Era un circolo vizioso. Zia Pearl sperava di confondermi in modo che io cambiassi argomento. Non funzionava.

"A-ha! L'hai rubata dopo tutto." Scossi la testa esasperata. "Come faccio ad aiutarti se tu non collabori?"

Zia Pearl non disse niente e rimase a fissarsi i piedi.

"Dimmi solo la verità, Zia Pearl. Prometto che non ti farò rapporto alla WICCA." Zia Pearl era sempre sul filo del rasoio con le regole della WICCA. Era una continua fonte di imbarazzo per zia Amber, che sentiva che il costante sfuggire alle regole della sorella minore minava la reputazione della famiglia West.

"Farmi rapporto per cosa? Non ho fatto niente." Zia Pearl fece sbattere le ciglia e mi regalò il suo sguardo più innocente.

"C'è qualcosa che non mi stai dicendo. Lo capisco dalla tua espressione."

"È ridicolo."

Estrassi il telefono cellulare. "Perdere la bacchetta magica è un fatto serio, soprattutto se c'è il rischio che finisca nelle mani di qualcuno che non è una strega. Sto chiamando Zia Amber per raccontarle cos'è successo. Lei saprà cosa fare."

"Cen, fermati." Zia Pearl camminava rapida davanti alla lavagna. "Per favore non chiamare Amber. Non farlo. Darà la colpa a me."

Rimisi il telefono nella borsetta. "Comincia a parlare. Raccontami come la tua bacchetta è finita sulla scena del delitto."

"Non ne ho idea. Quella bacchetta deve essere un duplicato, è finta. Devi credermi, Cen, non è la mia bacchetta."

Era una cosa semplice da dimostrare. "Chiamerò lo sceriffo Gates e me lo farò confermare. Se tu dici la verità, lui avrà ancora la bacchetta finta nell'armadietto delle prove della polizia." Non avevo intenzione di chiamarlo ma zia Pearl non lo sapeva.

"No… Aspetta. Ero al gazebo, stavo aspettando te e Ruby. Ho visto tutto."

"Pensavo che tu e Mamma foste arrivate insieme."

"Quello è stato dopo. Sono tornata alla locanda dopo la lotta," spiegò zia Pearl. "Ero andata al gazebo qualche minuto prima, con l'intenzione di fare pratica di magia prima che arrivasse qualcun altro. L'ho visto succedere."

"Hai visto l'omicidio?"

"Sì," sussurrò. Il suo volto divenne di un bianco spettrale. "Pensavo si trattasse solo di un litigio. Non sapevo che lui era morto."

"Quando hai scoperto che era un omicidio, comunque non l'hai detto allo sceriffo. Perché?" All'improvviso mi venne in mente che poteva averlo taciuto a un'altra persona. "Non lo hai detto nemmeno alla mamma, vero? Hai rifatto tutta la strada verso la locanda e l'hai riportata indietro con te sapendo che c'era qualcuno ferito o morente nel gazebo."

"No, Cen." Zia Pearl corrucciò la fronte e se la strofinò. "Non sapevo che qualcuno fosse morto. Ho visto due uomini lottare, così mi sono nascosta nella siepe di lauro. Quando le urla si sono fermate, ho visto un uomo andarsene. Ho immaginato che l'altro se ne fosse già andato. Non avevo idea che fosse lì, e ancor meno che fosse morto. Se lo avessi saputo, avrei cercato di aiutarlo."

Questa volta le credevo. "Che aspetto aveva quest'uomo?"

"Non me lo ricordo. È stato tutto troppo veloce."

"Ma tu eri lì."

Zia Pearl annuì. Un'unica lacrima le scese lungo la guancia.

"Allora non c'è niente di cui preoccuparsi," dissi.

"Eh?"

"Possiamo fare un incantesimo di inversione e sbloccare la verità."

"Ah."

Stava mentendo di nuovo. "Non eri lì sul serio, vero?"

"Non proprio," disse zia Pearl. "Qualcuno è entrato qui a scuola ieri." Indicò un vetro rotto nella porta. "Hanno rubato la mia bacchetta mentre ero in bagno. Ho inseguito il tipo fino al gazebo ma era troppo tardi."

Mi comparve davanti agli occhi l'immagine di zia Pearl che inseguiva un criminale. Quello e un furto durante il giorno nella nostra città avevano probabilità vicine allo zero ma del resto era così anche per l'omicidio. "Perché non ne hai parlato prima? Che aspetto aveva l'intruso?" La sua espressione timorosa mi disse che questa volta diceva la verità. Lasciare la bacchetta incustodita era un grave errore per la WICCA. Immaginai che mia zia non avesse detto niente per evitare la punizione e la multa del consiglio delle streghe.

"Non ho potuto guardare bene, Cen. Ma era un uomo che indossava una felpa nera col cappuccio. Questa parte è vera. L'ho visto solo di spalle."

"Alto, basso, grasso, magro? Almeno questo dovresti saperlo."

"Non so... Forse qualche centimetro più basso di Sebastian Plant."

Sebastian Plant era circa uno e novanta, quindi l'altro uomo probabilmente era intorno all'uno e ottantacinque di altezza. "Così tu l'hai seguito fino al gazebo. Poi cos'è successo?"

"Sebastian Plant era già lì. Ha discusso con il tipo con la felpa. Hanno lottato e all'improvviso Plant è caduto."

Pregai che zia Pearl non stesse mentendo di nuovo. "Di che cosa discutevano?"

"Non ero abbastanza vicina da distinguere le parole. Come ho detto prima, quando li ho sentiti discutere mi sono nascosta nella siepe."

Un'immagine di zia Pearl che strisciava tra gli arbusti a quattro zampe mi apparve all'improvviso. "Neanche un brandello di conversazione?"

Zia Pearl scosse la testa. "Proprio niente."

Udito selettivo. Era una cosa strana, dato che con i nostri poteri soprannaturali potevamo amplificare tutto...

Sebastian Plant era abbastanza famoso perché in città tutti fossero a conoscenza del nostro ospite d'onore. Qualcuno contro il turismo poteva aver trovato un appiglio per litigare con lui. Come zia Pearl.

"Cos'è successo dopo?"

"Il tipo è corso via."

"A quel punto devi aver visto la sua faccia, quando si è girato verso di te."

Zia Pearl scosse la testa. "Ho sentito che se ne andava ma non ho potuto vedere bene, dal punto della siepe in cui ero nascosta. Ho aspettato alcuni minuti e poi sono corsa indietro alla locanda. Ero nel panico e ho anche dimenticato del tutto di riprendermi la bacchetta. Non ho mai messo piede nel gazebo, quindi non sapevo che Plant non si è mai alzato."

Strinsi gli occhi. Zia Pearl quasi certamente era nel gazebo quando io ero arrivata per la mia prova preliminare. Doveva aver intuito la mia conclusione.

"Lo giuro, Cen. Non l'ho mai visto finché sei arrivata tu ed entrambe gli siamo cadute sopra. Però mi ricordo una cosa," disse zia Pearl. "Non riuscivo a capire le parole di Plant perché stava farfugliando e si muoveva barcollando. Era anche peggio di quando si erano registrati."

Lo stato di ubriachezza aumentava le possibilità che fosse stato un uomo più piccolo ad abbatterlo. Era una cosa interessante ma, senza una descrizione, era praticamente impossibile restringere il campo per identificare un sospetto.

Una cosa però mi impensieriva ancora. "Non sei mai tornata a prendere la tua bacchetta?" Era difficile da credere che non avesse cercato di riprendersela dopo essere inciampata sul corpo di Sebastian Plant. Sapeva che era lì ed era troppo importante perché le sfuggisse di mente. Quasi certamente stava ancora nascondendo qualcosa.

La sua bacchetta non era utile a nessun altro, almeno non per la stregoneria. Nonostante i sospetti di Mamma, sapevo che un'altra strega avrebbe avuto difficoltà a sbloccare i suoi poteri e non se ne sarebbe preoccupata a parte la nostra famiglia, non c'erano altre streghe a Westwick Corners. "Non vai da nessuna parte senza quella."

"Ero spaventata. Ma ancora non pensavo che fosse morto, Cen. Forse k.o. o qualcosa del genere. Ho pensato che se avessi detto qualcosa avrei avuto ancora più problemi con lo sceriffo."

"Beh, ora sei in un sacco di guai. Ti rendi conto che tutto punta contro di te?" Zia Pearl non aveva un alibi, la sua bacchetta era l'arma del delitto e lei aveva un movente: fermare il turismo a tutti i costi. Ma dentro di me sapevo che non era un'assassina. "Dobbiamo trovare un modo per raccontarlo allo sceriffo senza menzionare la magia."

"Hai intenzione di tradire la tua stessa carne e il tuo stesso sangue?"

"Non essere ridicola, zia Pearl. Devi ammettere, però, che il quadro non è dei migliori. Perché non vuoi collaborare?"

"Perché dovrei? Se non avessimo iniziato con questa stupida cosa del turismo, quel tizio sarebbe ancora vivo."

"Forse sì, forse no. So una cosa per certo, però."

"Cosa?"

"Una volta che saremo riconosciute come streghe, la vita non sarà facile per nessuna di noi."

CAPITOLO 21

"Dimmi quello che sai di Tonya." Avevamo appena finito la prima lezione quando ero stata informata del fatto che quella era solo la prima delle settantasette Perle di Saggezza sulla Stregoneria cui mi ero iscritta. Non ricordavo di essermi iscritta ma le discussioni con zia Pearl mi stancavano troppo per controbattere. Avevo bisogno di caffeina, e subito. "Com'è possibile che io non l'abbia mai sentita?"

Zia Pearl incrociò le braccia e scosse la testa. "Hai evitato il mondo magico per tanto tempo, Cen. Quando non ti muovi nell'ambiente giusto, ti perdi un sacco di cose."

"Ok, va bene. Da oggi farò più attenzione." Ero stanca dei trabocchetti di mia zia per farmi sentire in colpa, ma cominciavo a cogliere il suo punto di vista sull'ignorare la mia discendenza di strega. "Dimmi quello che sai di Tonya e Sebastian."

"Tonya non è una strega molto potente. Probabilmente è per questo che non hai mai sentito parlare dei suoi poteri soprannaturali. La cosa più pericolosa di lei è la sua ambizione sconsiderata. Sebastian Plant non ha avuto altre possibilità una volta che lei gli ha messo gli occhi addosso. Sposarlo era nella sua lista di cose da fare anche prima di averlo conosciuto."

127

Sapevo poco di quella coppia, a parte il fatto che si erano sposati in seguito a una storia terribilmente romantica. Sebastian Plant aveva trascorso decenni a far crescere la Travel Unraveled e in quell'occasione aveva conosciuto Tonya. Lei aveva un lavoro temporaneo in ufficio, prima di sposarlo dopo meno di un anno.

Zia Pearl picchiettò la bacchetta sulla lavagna e tutte le scritte si cancellarono. "Tonya si è data molto da fare alla Travel Unraveled dopo il matrimonio. Ti ricordi di quell'invito che hai mandato a Sebastian Plant tanti mesi fa?"

Annuii.

"Sebastian non era interessato e per questo non ti ha mai risposto. Tonya ha notato quell'invito mesi dopo. Ha fatto delle ricerche sulla nostra città e ha scoperto dei dati storici che nominavano Westwick Corners e il vortice di energia. Era stato dimenticato negli anni ma l'invito ha fatto rinascere l'interesse. Tonya ha pensato che la Travel Unraveled dovesse realizzare qualcosa di importante qui. Sebastian voleva impedirglielo e ben presto cominciarono i loro problemi coniugali."

"Come fai a sapere tutto questo?" Sarebbe stato utile se avesse condiviso queste informazioni un po' prima.

"Me l'ha detto Hazel."

"Hazel aveva una storia con lui. Per forza diceva che avevano problemi coniugali. È probabile che abbia esagerato anche su tutto il resto." Mi agitai sulla sedia, sicura di aver sentito un colpo di tosse. "Hai sentito?"

Zia Pearl scosse la testa. "Non è così che Hazel è venuta a sapere del progetto. Tonya l'ha avvicinata proponendole di trasferire il quartier generale della WICCA a Westwick Corners, ma Hazel le ha detto di no."

"Pensavo che Sebastian le avesse già impedito qualunque progetto qui. Aveva cambiato idea?" È probabile che Tonya volesse vendere l'idea per riuscire a convincere Sebastian. I vortici di energia contribuivano a una magia più potente, cosa che poteva essere buona e cattiva. Una cosa però era sicura: la nostra esistenza pacifica sarebbe terminata.

"No. Lui non aveva idea che Tonya fosse una strega e non sapeva niente della WICCA."

Mi colpì come un fatto curioso che Sebastian Plant non fosse a conoscenza delle streghe dal momento che era stato coinvolto sentimentalmente da due di loro. Cominciavo a cogliere il quadro generale. "Tonya voleva prendersi prima la città e poi la WICCA. Era andata avanti comunque pur sapendo che Sebastian non era d'accordo. Quindi poteva fargli cambiare idea o…"

Zia Pearl finì la mia frase. "Liberarsi di lui. Ecco perché Tonya ha detto a Sebastian di aver accettato il nostro invito per sbaglio, mesi dopo che tu lo avevi mandato. Almeno questo è quello che Seb ha detto a Hazel. Era una scusa per controllare il posto. E un'occasione per uccidere il marito. Quale ambientazione migliore di una piccola città per eliminare il marito e affibbiare la colpa a qualcun altro?"

Annuii. "Lei pensa che la polizia di una piccola città manderà all'aria l'indagine e nessuno si interesserà più di tanto a uno straniero, anche se famoso."

Era strano ma tutto aveva un senso. Tranne una cosa. "Quand'è che tu e Hazel avete smesso di litigare?" Forse Hazel aveva proposto la tregua per garantirsi un alibi o qualcosa del genere.

Zia Pearl alzò le spalle. "Che cosa importa?"

"È molto importante. Il coinvolgimento di Hazel in un triangolo amoroso con una vittima di omicidio le fornisce un movente. Potrebbe non avere nemmeno un alibi." Mi ricordai il commento di zia Amber sul fatto che l'ultima volta che aveva visto Hazel erano le sei di pomeriggio a Londra, che equivalevano a nove ore prima, cioè le nove di mattina, con l'ora di Westwick Corners. Dato che il tempo di viaggio per una strega era praticamente istantaneo, Hazel aveva anche i mezzi per uccidere Sebastian e nessuno che testimoniasse su dove era stata. Un altro sospetto.

Bene.

"Tranne che l'assassino era un uomo, non una donna," puntualizzò zia Pearl.

"Sei davvero sicura di questo? Hai detto che non sei riuscita a vedere bene la persona con la felpa e il cappuccio."

"Ho visto abbastanza per sapere che si trattava di un uomo," disse zia Pearl.

"È un vero peccato che Hazel non sia qui. Forse avrebbe potuto illuminarci su questo punto."

"Chiedimi quello che vuoi." La strega Hazel era in piedi sulla soglia e dimostrava tutti i suoi settant'anni. Indossava una tuta quasi identica a quella di zia Pearl, tranne due strisce di paillettes che percorrevano la cucitura esterna dei pantaloni. Un berretto nero era appoggiato in modo sbarazzino sui suoi capelli grigi. Supponevo che ora avesse l'aspetto del suo alter ego. "Che cosa fai tu qui?"

"Cerco di salvare la città, proprio come Pearl." Hazel toccò con la bacchetta le tavole di legno del pavimento come per toglierne le ragnatele. "E, a questo proposito, avremo sicuramente bisogno del tuo aiuto."

CAPITOLO 22

Mi stavo ancora riprendendo dallo shock di vedere la strega Hazel. Lei e zia Pearl erano vicine davanti alla lavagna e sembravano amiche fedeli. Era evidente che avevano ricomposto la rottura ed erano tornate alla normalità. Beh, almeno quella che per loro era la normalità. Io ero davvero sollevata che la loro faida durata mesi fosse terminata.

"Abbiamo deciso di lasciare che il passato sia passato." Hazel sorrise mentre guardava Pearl.

"Bella notizia," dissi. "Già che sei qui, puoi far tornare Alan alla sua forma umana. Ne sarà felicissimo."

"Parleremo di Alan più tardi. Prima le cose importanti." Zia Pearl mi mise da parte con un gesto. "Non abbiamo molto tempo per fermare Tonya."

Ma io dovevo fare a Hazel domande che non potevano aspettare. "Sei stata qui tutto il giorno, venerdì?" Questo avrebbe cambiato tutto, perché sarebbe stata qui al momento dell'assassinio di Plant.

Significava anche che non solo una ma tre streghe avevano un movente per uccidere Plant.

Hazel annuì. "Sono stata con Pearl fino alle 9:30 di venerdì mattina."

"Lei è il mio alibi, Cen. Ma non potevo dirlo allo sceriffo, perché Hazel mi ha fatto promettere di non dire a nessuno che era in città."

Mi rallegrai al pensiero dell'alibi di zia Pearl ma ben presto mi resi conto che non significava quasi niente. "Avete entrambe un motivo per uccidere Sebastian. Tu vuoi affossare il turismo e Hazel è, o meglio era, parte di un triangolo amoroso. Voi due potreste essere complici piuttosto che essere l'una l'alibi dell'altra."

Hazel scosse la testa. "Seb voleva lasciare Tonya per me. Lei non deve sapere che io sono qui. Almeno finché non riusciamo a neutralizzarla. In questo momento è molto pericolosa."

"Mi sembrava che avessi detto che non era una strega molto brava? Voi potete sicuramente batterla."

"Potremmo, ma dobbiamo tenere conto dell'opinione pubblica. Lei è molto brava a manipolare i fatti e a portare le persone, e le streghe, dalla sua parte. La gente non si rende conto che per ottenere i suoi risultati utilizza metodi micidiali. Dobbiamo far ricadere la colpa su di lei e abbiamo bisogno il tuo aiuto, Cen. Tu devi smascherarla come assassina."

"Perché io? Dovreste parlare allo sceriffo, dire la verità." Non volevo essere coinvolta in nessuno dei loro folli progetti. "Zia Pearl, tu li hai registrati. Se Sebastian era così ubriaco, cosa stava facendo da solo a notte fonda?"

"Sebastian ubriaco?" Hazel afferrò il braccio di zia Pearl. "È impossibile. Lui non tocca nemmeno quella roba."

"Era di sicuro ubriaco," borbottò Pearl. "Strascicava le parole e stava a malapena in piedi."

"Comunque ha camminato fino al gazebo," dissi. "Era ancora ubriaco ore dopo, quando ha discusso e lottato con l'uomo misterioso. Se era messo così male, com'è riuscito ad arrivare al gazebo, prima di tutto?" La maggior parte degli ubriachi semplicemente si addormenta.

"Tonya gli ha fatto qualcosa, lo so," disse Hazel. "Dovete fare in modo che lo sceriffo indaghi su di lei."

"Io non farò una cosa simile," dissi. "Zia Pearl, devi dire la verità allo sceriffo. Gli stai facendo perdere tempo con le tue tattiche per evitarlo e nello stesso tempo sembrando colpevole."

Mia zia scosse la testa e guardò Hazel speranzosa. Questa era la cosa strana della loro relazione. Zia Pearl non si sottometteva a nessuno ma rispettava moltissimo Hazel.

"Non ti stiamo chiedendo di fare niente di disonesto," disse Hazel. "Devi solo indirizzare lo sceriffo dalla parte giusta e noi ci occuperemo di tutto il contorno."

"Cosa intendi con il contorno?" Mi preoccupava quello che avevano in mente. Ma qualche volta la conoscenza è una cosa pericolosa.

"È meglio che tu non lo sappia, Cen. Non chiedere, non raccontare," disse zia Pearl.

A malincuore accettai di mettere in azione questo piano non appena fossi riuscita a fare colazione. Una cosa era estremamente chiara. Dovevo arrivare in fondo agli eventi prima che lo facesse lo sceriffo Tyler Gates.

CAPITOLO 23

Seguii zia Pearl nella sala da pranzo della locanda, ancora arrabbiata per aver perso due ore della mia giornata, appena iniziata, a causa della Scuola di Fascinazione di Pearl. Aveva portato risultati interessanti, ma ne aveva fatto le spese la mia colazione. Ero affamatissima e pronta a commettere atti criminali per una dose di caffeina.

Ma non potevo rischiare di mangiare in sala da pranzo se le supposizioni di zia Pearl e Hazel sulla pozione di Tonya erano vere. Il mio stomaco brontolò in segno di protesta.

Misi la mano in tasca e toccai lo scontrino del Walmart. Ripassai con la mente gli oggetti della lista e mi fermai di colpo all'antigelo. L'ingrediente principale dell'antigelo è il glicole etilenico, una sostanza velenosa che tra l'altro è anche alcol. Era una forma nociva di alcol ma era probabile che provocasse gli stessi effetti di un eccesso di superalcolici.

Sebastian Plant non aveva bevuto alcol ma forse, senza saperlo, aveva ingerito dell'antigelo. Ripensai al cestino della spazzatura nella stanza dei Plant. E se la bottiglia mezza vuota di Gatorade al limone non fosse stata quello che sembrava?

Lo scontrino del Walmart mi bruciava nella tasca ed ero ansiosa di consegnarlo allo sceriffo. Non volevo seguire l'esempio di zia Pearl e nascondere una prova, soprattutto un indizio potenzialmente importante preso dalla stanza dei Plant. Era davvero un buon indizio, perché i negozi Walmart avevano anche videocamere di sorveglianza. Anche se avevamo preso lo scontrino, le videocamere avrebbero potuto far risalire l'acquisto a Tonya.

Zia Pearl si diresse subito all'interno della cucina mentre io andai dritto al piccolo tavolo posto al suo esterno, con l'occorrente per la colazione. Inalai l'aroma ricco del caffè appena preparato e me ne versai una bella tazza fumante.

Finalmente.

Bevendo il mio caffè forte e nero, osservai la stanza. Quasi mi soffocai quando scorsi lo sceriffo Tyler Gates seduto a un tavolo vicino alla finestra. Mi diressi verso di lui per dargli lo scontrino del Walmart, quando mi accorsi che non era solo.

Sedeva di fronte a Tonya Plant, in sala da pranzo, e mi dava le spalle. Il volto di Tonya era chiaramente visibile. A una prima occhiata sembrava sconvolta dal dolore. Non le avrei dato una seconda occhiata se non fosse stato per le accuse di Hazel e zia Pearl.

Tonya si tamponava gli occhi con un fazzoletto ma anche da diversi metri notai che il trucco e i capelli erano perfettamente a posto. A giudicare dal linguaggio del corpo, non sembrava isterica e nemmeno che avesse pianto. E aveva anche mangiato tutte le uova alla Benedict. Ognuno gestisce il dolore in modo diverso ma poche vedove inconsolabili riescono a terminare una colazione sostanziosa.

Cercai di immaginare come mi sarei sentita se fosse accaduto qualcosa a Brayden. Anche ora, dopo che avevo ripensato al matrimonio. Non credo che sarei riuscita a sedermi a colazione nel caso di una disgrazia. Sarei stata distrutta dal dolore, incapace di parlare o fare qualcosa. Di sicuro non sarei stata a raccogliere dal piatto la salsa olandese.

Il mio stomaco brontolò finché mi ricordai dei piani segreti di Tonya per stregarci con la pozione magica che ci avrebbe private dei poteri. Non potevo rischiare di mangiare qualcosa che poteva essere contaminato. Rimasi di sasso nel rendermi conto che avrebbe potuto mettere qualcosa nel caffè che avevo appena bevuto. Feci una smorfia al pensiero di Sebastian Plant e dell'antigelo.

Il tavolo del caffè era in sala da pranzo, appena fuori dalla porta di cucina. Facilmente accessibile da parte di tutti gli ospiti. Di sicuro Tonya non avrebbe messo la sua pozione nel caffè che potevano bere anche altri.

Perché no? Il fluido non avrebbe avuto nessun effetto sui comuni mortali. Sentii un sapore amaro in bocca e mi resi conto che avevo appena ingerito un po' di caffè.

Appoggiai la tazza sul tavolo mentre guardavo verso Tonya e lo sceriffo. Mi sforzavo di ascoltare la conversazione ma era impossibile, con il rumore di fondo della sala da pranzo.

Afferrai la caraffa del caffè e mi diressi al loro tavolo. Il piatto della colazione di Tonya era vuoto e così anche il cestino del pane. Mentre parlava, faceva girare la sua tazza mezza piena di caffè senza pensarci. Lo sceriffo aveva solo una tazza di caffè vuota davanti a lui.

"Signora Plant, sono molto dispiaciuta della notizia riguardo suo marito. Desidera un po' di caffè?"

Tonya annuì.

Presi la tazza di Tonya con lentezza, decisa a rimanere al tavolo il più a lungo possibile.

Tonya si girò di nuovo verso lo sceriffo e si lasciò andare a un debole sospiro. "Come dicevo, non mi sono nemmeno accorta che fosse uscito. Ero impegnata a disfare le valigie. Non avevo dormito la notte precedente, così avevo deciso di fare un sonnellino. Ho preso una pillola per dormire e dopo qualche minuto ero addormentata. Lui era ancora nella stanza in quel momento."

"Quindi lei è restata nella sua stanza da sola?" Riempii la tazza di Tonya.

Tyler Gates mi incenerì con un'occhiata. "Sono io a fare le domande, se non ti dispiace."

Mi girai verso la tazza di caffè vuota dello sceriffo e la riempii il più lentamente possibile, il liquido scuro scendeva a goccia a goccia. "Posso portarvi qualcos'altro?"

Tonya Plant sorseggiò il caffè e alzò lo sguardo verso di me. "Magari un piattino di frutta che posso portare in camera."

Lasciai andare un gran sospiro di sollievo. Il caffè non era avvelenato, dal momento che Tonya l'aveva appena bevuto.

Fissai il suo piatto vuoto. Aveva un ottimo appetito considerando che aveva appena perso il marito.

Lo sceriffo Gates mi guardò con aria interrogativa.

"Sì?" Aspettai.

"Non hai nient'altro da fare? Immagino che devi essere molto occupata."

Scossi la testa. "Veramente no." Volevo restare lì in giro il più a lungo possibile. Se la dichiarazione di Tonya Plant di essere addormentata era vera, era comprensibile che non potesse fornire altri dettagli. Ma non poteva nemmeno fornire un alibi.

"Grazie, Cendrine." Lo sceriffo Gates alzò un po' la voce per farmi segno di andarmene.

Mi diressi a malincuore verso la cucina, dove Mamma e zia Pearl parlavano sottovoce vicino ai fornelli.

"Hai scoperto qualcosa, Cen?" La mamma si preoccupava sempre ma in questo caso la sua reazione non era eccessiva. Il Westwick Corners Inn era in pericolo da diversi punti di vista. E comunque avevo la netta impressione che mia zia non avesse vuotato il sacco riguardo Hazel.

"Tonya ha detto che stava dormendo e non si è accorta che Sebastian ha lasciato la stanza." Il mio stomaco brontolò mentre odoravo il profumo delle uova e del bacon per la colazione che erano sul fornello.

"Dove stava dormendo? Si sono registrati solo qualche ora fa," disse Mamma.

Notai l'espressione colpevole di zia Pearl e decisi di chiamarla in causa. "Tu sai più di quello che hai detto. A che ora si sono presentati?"

"Ieri a tarda notte," disse Pearl.

"È impossibile," disse Mamma. "Abbiamo aperto ufficialmente solo qualche ora fa con i nostri primi ospiti."

Zia Pearl fece spallucce. "Oggi c'è l'inaugurazione ufficiale ed è il giorno in cui ufficialmente si sono registrati. Ma sono arrivati verso l'una di mattina. Tu stavi dormendo. Li ho sentiti alla porta e fatti entrare. Ho assegnato loro una stanza e ho detto di tornare per la registrazione più tardi durante la mattina."

"Questo è un dettaglio piuttosto grosso perché sia trascurato, Pearl. Avevamo qui i nostri ospiti VIP e non lo sapevamo nemmeno. Sarebbe potuto succedere qualcosa di terribile."

"È successo," puntualizzai.

La mamma si massaggiò la fronte come se stesse per avere un'emicrania. "Perché non ne hai parlato prima? Dobbiamo mandare avanti gli affari. Non possiamo procedere a tentoni."

Almeno zia Pearl alla fine era stata sincera con la mamma. Io odiavo i segreti ed ero pentita di essermi infilata nell'intrigo di mia zia. È vero, Mamma si preoccupava sempre, ma c'eravamo dentro tutti e lei meritava di sapere tutto quello che succedeva.

Alla mamma piacevano i processi, le procedure e le cose che funzionavano bene. Zia Pearl era la potenziale causa del suo esaurimento nervoso da tutta la vita.

Agitai la mano per far segno di lasciar perdere. "Quel che è fatto è fatto. Concentriamoci sui movimenti di Sebastian Plant. Secondo Tonya, era uscito quando lei si è svegliata, verso le otto di mattina. Se questo è vero, lui se n'è andato in qualche momento tra le quattro e le otto." Zia Pearl ridacchiò. "Come se lei dicesse la verità. Cavolo."

"Hai qualcosa di meglio?"

"Direi di no," ammise zia Pearl.

La mamma assunse un'espressione accigliata. "Come ha fatto Tonya a non accorgersi che lui non c'era? La porta della loro stanza cigola." Nonostante tutti i lavori di ristrutturazione, c'erano ancora diversi cigolii e stridii in giro. "Non si sarebbe potuto alzare dal letto senza che lei lo notasse. Quel tizio è terribilmente grasso."

"Sostiene di aver preso una pillola per dormire e di aver dormito profondamente," dissi.

Zia Pearl alzò gli occhi al cielo. "Molto probabile."

"Forse dormiva o forse sta mentendo. Dobbiamo trovare qualcuno che confermi la sua storia," dissi. "Hai un'idea migliore?"

"Stava dormendo di sicuro. Ma non da sola."

Un altro fulmine a ciel sereno di zia Pearl. Il fatto che nascondesse in questo modo le informazioni mi faceva temere il peggio. "Ti sei infilata nella loro stanza? Come hai potuto violare la loro privacy in quel modo?"

"Tranquilla, Cen. Non ho fatto niente del genere." Zia Pearl sogghignò. "Mi sono fatta aiutare."

"Nonna Vi!" Ero allo stesso tempo arrabbiata e compiaciuta del fatto che zia Pearl avesse chiesto l'aiuto di nonna Vi. Arrabbiata per la brutta violazione della privacy ma compiaciuta per il fatto che la visita in incognito di nonna Vi avesse portato a una nuova traccia. Certo, se zia Pearl stava dicendo la verità.

Zia Pearl annuì. "Tua nonna era annoiata a morte in quella tua casa sull'albero incasinata, così è passata a trovarmi."

Ero offesa dal suo riferimento alla mia capacità di mantenere l'ordine ma anche seccata dalle scappatelle notturne di nonna Vi. "Chi c'era in camera con Tonya?"

"Ho detto che era nella sua stanza?"

"Pearl, vai al punto." Anche la mamma stava per terminare la pazienza. "Dov'era Tonya e con chi?"

Mi girava la testa. Avevamo dodici camere ed erano tutte occupate. Tonya doveva essere andata con un altro ospite, ma chi? Una storia con qualcuno, problemi locali e ambizione sfrenata non facevano che ingrandire il movente di Tonya per un assassinio. Eppure zia Pearl era sicura che il killer nel gazebo fosse un uomo e non una donna.

"Era con un uomo che non era suo marito." Zia Pearl canticchiò a bocca chiusa la sigla di uno spettacolo televisivo. "Qualche idea?"

Alzai gli occhi mentre mi giravo verso mia zia. "Dacci una risposta diretta, per una volta."

"Io mi sto divertendo abbastanza," disse zia Pearl. "Ma è evidente che voi no, così ve lo dirò. Tonya era nella stanza di un altro uomo. E non stavano parlando molto, se capite il sottinteso."

"Stavano facendo sesso mentre Sebastian era nel gazebo?" Mi mancava il fiato, non riuscivo a credere di avere questa conversazione con mia mamma e mia zia. Ma, in ogni caso, non mi sarei aspettata niente di tutto quello che era successo nelle ventiquattro ore passate.

"Non fare giochetti, Pearl," disse Mamma. "C'è stato un assassinio il giorno dell'inaugurazione e tu sei il principale sospetto. Se sai qualcosa, devi dirlo ora."

"Soprattutto se non è quello che sta raccontando Tonya." Aprii la porta che dava sulla sala da pranzo e guardai fuori. Tyler Gates era ancora seduto con Tonya Plant. Stava prendendo montagne di appunti, scrivendo rapidamente. Avrei dato una pila di pancake per vedere cosa stava scrivendo nel suo taccuino. "Veloce, zia Pearl, prendilo prima che se ne vada."

Zia Pearl incrociò le braccia. "Io non parlo con quell'uomo."

"Dimenticati la multa," dissi. "È molto probabile che tu sia l'unico sospetto al momento. Sarà solo peggio se non dici quello che sai. Non è il momento di futili divergenze."

"Una multa di 500 dollari non è propriamente futile. Dovrò accogliere degli studenti in più per far fronte alle spese."

Avrei voluto aggiungere che si meritava ogni centesimo di quella multa ma continuare la discussione avrebbe solo peggiorato le cose. "Non avrai nessuno studente se sarai incarcerata per assassinio."

"Chi potrebbe fare una cosa simile? Perché imprigionare Pearl?" La mamma scosse la testa. "Questa potrebbe anche essere la morte della nostra città."

"Tutto quello che deve fare è raccontare là verità allo sceriffo in modo da potersi scagionare." Guardai fisso mia zia. La mamma aveva un debole per sua sorella. Tendeva a considerare Pearl una vittima piuttosto che sconsiderata e irresponsabile.

"Smettila di essere così drammatica, Ruby. Tu sei come tutti gli altri in questa città: reagite sempre in modo esagerato." Zia Pearl scosse la testa.

Gettai in aria le braccia. "Tu parli di reazione esagerata. Tu sei la piromane che stava per dare fuoco proprio al nostro gazebo. Tu saboti qualunque cosa solo per ottenere quello che vuoi. Forse vuoi cancellare dalla mappa la nostra città bruciando il cartello stradale ma ci sono anche le altre persone. Se non ti conoscessi, ti sospetterei proprio come fa lo sceriffo." Lui non l'aveva chiamata esattamente un sospetto ma dovevo spaventare per bene zia Pearl. Le sue buffonate e le informazioni nascoste minavano le nostre possibilità di successo e mettevano a rischio il futuro di tutta la città.

La mamma spalancò la bocca per la sorpresa alla mia tirata. Forse avevo esagerato, ma le scene di zia Pearl per attirare l'attenzione e la mancanza di collaborazione mi facevano sentire frustrata.

"Non riesco a immaginare che qualcuno come Tonya voglia, o possa, uccidere il proprio marito. Non possiamo accusarla senza prove," disse Mamma. "A dire il vero mi sento triste per lei. L'abbiamo invitata qui insieme a Sebastian e ora lui è stato ucciso. In qualche modo è colpa nostra. Dovremmo essere più gentili con lei."

"E allora la pozione che Tonya vuole mettere nella colazione?" Pensavo che la comprensione di Mamma fosse fuori luogo considerato che Tonya aveva intenzione di stregarci.

La mamma si accigliò. "Quale pozione?"

"Cen ha fatto confusione." Zia Pearl mi afferrò la spalla con la sua mano ossuta.

Feci per protestare ma zia Pearl strinse più forte. Mi ero resa conto in quel momento che la sua accusa contro Tonya era un'altra invenzione. La mamma non sapeva niente di una presunta pozione per renderci impotenti. Probabilmente non sapeva nemmeno che Hazel era lì.

Incenerii zia Pearl con un'occhiata.

Zia Pearl aggrottò le ciglia. "Sei così cieca alle motivazioni delle persone, Ruby. Svegliati. Tonya è colpevole. È iniziato tutto con quello stupido cartello sull'autostrada. Deve sparire."

"I clienti della tua Scuola di Fascinazione non hanno bisogno del cartello autostradale, ma i turisti sì," dissi. "Loro portano soldi nella nostra piccola economia. I tuoi studenti spendono a malapena mezzo centesimo." Le streghe erano notoriamente spilorce. Perché spendere soldi per qualcosa che potevi far apparire?

La mamma si mise tra noi. "Basta, basta, signore. Siate educate una con l'altra. I litigi non ci portano da nessuna parte." Si rivolse a me. "Cen, non pensi davvero che lo sceriffo sospetti Pearl, vero? Deve avere altre tracce."

Feci spallucce. "Lei ha un movente. Non vuole il turismo. Lo ha dimostrato con evidenza bruciando il cartello. E si rifiuta di collaborare. Ma, soprattutto, c'è la sua bacchetta nel gazebo." Era evidente che zia Pearl non aveva parlato a Mamma della visita di Hazel e dei suoi sospetti su Tonya. Questo mi dava fastidio. "Zia Pearl sembrerà sospetta finché non troviamo il vero assassino."

La mamma scosse la testa. "Vorrei che tu non te la prendessi tanto, Pearl. Non c'è motivo per cui non possiamo vivere tutti insieme. Tu puoi sempre avere la Scuola di Fascinazione di Pearl, solo devi farlo con discrezione. Lo puoi fare?"

Pearl annuì lentamente.

Anche se zia Pearl cercava sempre di tenere all'oscuro la sorella minore, in effetti la ascoltava.

"Ora sarebbe il caso di andare nella stanza di Tonya e rinfrescarla." La mamma diede un colpetto sulla spalla di Pearl. "Un po' di fiori darebbero un tocco grazioso."

A me sembrava un'idea tremenda ma sapevo che Mamma

stava solo cercando di tenere Pearl occupata. Mi sorprese che la mamma non sembrasse sapere che Tonya era una strega ma non osai dire niente. Le cose potevano peggiorare rapidamente e non volevo mettere alla prova il destino.

CAPITOLO 24

Ero così presa dal pensiero di nonna Vi che faceva la spia e dall'uomo misterioso di Tonya che mi ero completamente dimenticata di portare a Tonya il piatto di frutta. Misi insieme un po' di uva, melone e anguria con un po' di formaggio e tornai in sala da pranzo.

Tonya Plant sorrise quando mi avvicinai. La sua espressione serena sembrava fuori posto considerata la recente perdita. Si fermò a metà frase mentre mi avvicinavo al tavolo e appoggiavo il piatto di fronte a lei.

"Grazie, Cendrine," disse lo sceriffo Gates. "Questo è tutto."

Io annuii e mi allontanai di qualche metro avvicinandomi a un altro tavolo, dove mi diedi da fare sistemando piatti e bicchieri. Aspettai che Tonya ricominciasse a parlare, ma non lo fece. Ben presto non ebbi più niente da fare.

Sentii uno sguardo puntato addosso e quando mi girai e vidi lo sceriffo Gates che mi inceneriva con gli occhi. Mi spostai a un altro tavolo.

Tonya ricominciò a parlare ma la sua voce era così bassa che dovetti tendere le orecchie per sentire qualcosa. Feci cadere una forchetta sul pavimento e saltai sentendone il rumore.

Tonya si fermò a metà frase mentre raccoglievo la forchetta. Quando mi alzai incrociai lo sguardo arrabbiato di Tonya Plant.

Lo sceriffo Gates si girò rimanendo seduto. Entrambi mi guardavano in modo feroce.

"Cosa c'è?"

"Potresti lasciarci un po' di privacy, Cendrine?" Tyler Gates fece segno con la testa verso la cucina.

"Oh certo, scusate." Mi ritirai vicino al tavolo del caffè e riempii nuovamente la mia tazza. Ero troppo lontana per sentire qualcosa di più di qualche stralcio di conversazione. Tonya sosteneva di essersi registrata molto presto venerdì mattina e questo confermava la versione degli eventi fornita da zia Pearl, anche se aveva dimenticato l'orario preciso. Alla fine stavamo arrivando alla verità.

Non riuscii a vedere l'espressione dello sceriffo, quindi non avevo idea se lui credeva a Tonya o no. Era fondamentale che io riuscissi a sapere la versione di Tonya di quello che era successo. Lo sceriffo aveva a che fare con una strega e non lo sapeva, per cui aveva bisogno del mio aiuto. Era l'unico modo per convalidare o negare le sue pretese e arrivare alla verità.

Mi illuminai quando mi resi conto che potevo rabboccare i condimenti. Afferrai i contenitori del sale e del pepe e ritornai al tavolo dietro lo sceriffo. Camminai senza fare rumore ed evitai il contatto visivo con Tonya. Sperai che continuasse il suo racconto e non segnalasse allo sceriffo che ero proprio dietro di lui.

"Seb voleva andare a fare una passeggiata," disse Tonya. "Ma io ero stanca, così gli dissi di andare senza di me."

Alle quattro di mattina? Molto probabile.

"Che ore erano?" Lo sceriffo Gates si appoggiò sullo schienale della sedia e si afferrò le mani dietro la testa.

Mi sentii gelare. Le sue braccia erano a pochi centimetri da me e avevano l'effetto di intrappolarmi tra la sua sedia e il mio tavolo. Io aspirai il fiato e cercare di non fare nessun rumore. Se Tonya lo aveva notato lo nascondeva bene, dato che continuò semplicemente a parlare.

"Verso le otto o le nove di mattina, penso. Avevo preso una pillola per dormire verso quell'ora, e quindi stavo sonnecchiando." La voce di Tonya era chiara e forte, non era il sussurro basso e interrotto di una vedova che ha appena subito una perdita.

"E fino a che ora ha dormito?"

"Non so… Verso le tre o qualcosa del genere. Mi sono svegliata poco prima che lei venisse nella mia stanza."

"E non ha visto nessuno in quel frattempo?"

"No."

Secondo nonna Vi Tonya era stata con un altro uomo dall'ora di pranzo in poi. Supponendo che l'ora fornita dalla nonna fosse corretta, lo sceriffo aveva appena colto in castagna Tonya. Solo che lui non l'avrebbe mai saputo, a meno che io non trovassi il modo di confutare la storia di Tonya. Dovevo trovare quest'uomo. Dovevo anche trovare i guanti sullo scontrino del Walmart. Anche il contenitore dell'antigelo era importante ma si sarebbe potuto avere una prova del liquido nella bottiglia del Gatorade. Ero persa nei miei pensieri e non mi ero accorta di essermi girata finché i miei occhi non incontrarono quelli dello sceriffo Gates.

Lui si girò sulla sedia e mi affrontò. "Non puoi stare qui mentre sto interrogando la signora Plant, Cendrine." I suoi caldi occhi marrone si fissarono nei miei.

"Non posso proprio andarmene. Siete nel mio ristorante. Io lavoro qui."

Lo sceriffo si alzò e mi fece segno di andarmene mentre Tonya mi lanciava un'occhiata fredda e dura. Sentii una fitta di paura. Non potevo dargli lo scontrino davanti a lei ma non sembrava che Tyler Gates stesse per andarsene molto presto. Più a lungo si fermava, più tempo sarebbe passato prima che io potessi fargli avere il mio nuovo indizio. Lo sceriffo era davvero molto svantaggiato senza l'aiuto di qualcuno che aveva il quadro completo. Quel qualcuno ero io.

* * *

GUARDAI dalla porta della cucina mentre lo sceriffo Gates riprendeva il suo posto di fronte a Tonya Plant. Adattai magicamente il mio orecchio finché raggiunse un volume adeguato per cogliere brani della loro conversazione. Se lei era il tipo manipolatore che sostenevano Hazel e zia Pearl, non avevo altra scelta che usare la magia per ascoltare e scoprire cosa stava combinando. Non mi era nemmeno venuto in mente, prima, che avrei potuto amplificare il mio udito. E quando ci pensai mi ci volle qualche minuto, perché ero così arrugginita che mi ero dimenticata metà della formula. Se solo avessi pensato subito alla magia, avrei potuto essere molto più discreta.

"Cendrine!"

Feci un salto da farmi uscire dalla pelle. "Mi hai spaventata a morte! Perché stai gridando in quel modo?"

Zia Pearl si acciglió. "Non stavo gridando per niente. Non starai mica usando i tuoi poteri extrasensoriali con lo sceriffo, vero?"

Mi aveva colta sul fatto. "Questa è un'emergenza."

"In cosa la tua emergenza e diversa dalle mie emergenze?" Zia Pearl incrociò le braccia. "Dici che sono una piantagrane. Ma guardati, la signorina seguo-le-regole. Va bene se tu usi la magia ma se la uso io non va più bene?"

"Queste sono circostanze attenuanti, zia Pearl."

La mamma si girò vicino ai fornelli. "Stai origliando?"

"Certo che no," dissi io.

"Si, lo sta facendo," disse zia Pearl.

"Solo per aiutarti, perché tu non fai niente," dissi.

La mamma scosse la testa. "Non eravamo d'accordo che non avremmo usato la magia in presenza di ospiti?"

"Non ho altra scelta. Zia Pearl è uno dei principali sospettati a causa delle sue tendenze piromani."

Mamma alzò gli occhi al cielo. "Non tirerai ancora fuori la storia del cartello autostradale. Onestamente, Cendrine, sei come un cane con l'osso. Non lasci mai perdere."

"Ruby ha ragione," disse zia Pearl. "Te la prendi sempre con me. Mostra un po' di rispetto ai più anziani."

Alzai le braccia al cielo, esasperata. "Mentre noi stiamo litigando, Tonya sta progettando la rovina della nostra città. Non solo si libera del marito ma anche del tizio che avrebbe potuto mettere Westwick Corners sulla mappa. Lei lo ha ucciso, ne sono sicura. Ma tutto quello che è successo finora incrimina zia Pearl." Mi girai verso mia zia. "Sta cercando di incastrarti."

La mamma spalancò la bocca. "Non è possibile che pensino che Pearl..."

Pearl pestò i piedi. "Sono una strega, per dirla tutta. Non devo uccidere nessuno. Ci sono modi molto più semplici per liberarsi di qualcuno."

"lo sceriffo non lo sa. Lui non sa un bel niente di streghe, vortici o qualunque cosa di quel genere. Capite il mio punto di vista?" Riportai la mia attenzione verso Tonya Plant e lo sceriffo.

"Racconta allo sceriffo quello che sai, Pearl." La voce della mamma si era alzata e capivo che si stava arrabbiando.

"Ci penserò," disse Pearl. "Ma prima devo fare un po' di pulizie." Si girò e se ne andò prima che potessimo fermarla.

Non pensavo per niente che zia Pearl fosse colpevole, ma stava facendo un ottimo lavoro per sembrarla.

Zia Pearl aveva detto che Tonya era con un altro uomo ma si rifiutava di dire chi. Se non me l'avesse detto, c'erano altri modi per scoprirlo.

CAPITOLO 25

Non potevo più origliare senza farmi notare da Tonya Plant e dallo sceriffo ma potevo scoprire qualcosa di più dell'uomo con cui lei aveva trascorso il suo tempo. Mi diressi alla reception e presi il registro degli ospiti.

Quasi tutte le dodici stanze erano occupate da coppie, tranne tre. Una era occupata da due donne e un'altra da una donna sola. La terza era occupata da un certo Jack Tupper III. Fu un colpo di fortuna trovare solo una stanza occupata da un uomo single. Era un po' azzardato escludere tutti gli uomini accoppiati ma avevo una mezza idea che fosse il nostro uomo.

Il cuore mi batté più veloce quando vidi il numero della stanza.

Era la vecchia stanza di nonna Vi. Proprio la stanza in cui sosteneva di aver visto Tonya insieme all'uomo misterioso.

Beh, non era più un mistero.

L'amante segreto di Tonya era quasi sicuramente Jack Tupper III.

Non riconobbi il suo nome pretenzioso, ma era sufficiente per scoprire di più su di lui e su dove era stato al momento dell'omicidio. Chiusi il registro, soddisfatta della mia scoperta.

Se le dichiarazioni di Pearl sulla loro tresca erano vere, Jack doveva aver conosciuto Tonya prima di venire alla locanda. In effetti era probabile che l'avesse seguita fin qui. Forse era lui l'uomo con la felpa col cappuccio del gazebo.

Quando avessi dimostrato la relazione tra lui e Tonya, potevo portarla all'attenzione dello sceriffo senza sembrare ovvia. Tonya quasi sicuramente avrebbe negato una storia e io non potevo certo raccontare allo sceriffo che il fantasma di nonna Vi li aveva spiati. Ma ci doveva essere qualcosa che lo sceriffo poteva trovare, come tabulati telefonici e cose simili. Tutto quello che dovevo fare era portare delle prove per distogliere l'indagine da zia Pearl e portarla verso qualche traccia che indicasse il vero assassino.

Ritornai nella sala da pranzo, ansiosa di condividere con Mamma la mia scoperta. Arrivai alla soglia e mi fermai di colpo fissando la sala da pranzo piena.

Brayden era seduto a qualche tavolo di distanza dallo sceriffo e Tonya Plant. Odiavo dover "parlare" con lui, ma dovevo farlo al più presto. Vederlo me l'aveva semplicemente ricordato. Non era qualcosa che attendevo con ansia. Annullare il matrimonio era una cosa enorme e probabilmente per quello avremmo rotto.

Se lo volessi o no, non ero sicura nemmeno in quel momento. In effetti, non ero più sicura di niente. Non sapevo se lo amavo ancora o se mai lo avevo amato. Era stato il mio solo e unico ragazzo e fino ad ora non avevo mai davvero pensato al futuro insieme a lui. Tutto era sempre sembrato predefinito.

Fortunatamente Brayden non era solo, così potevo ritardare ancora un po'. Un uomo dai capelli di un rosso innaturale e lunghi fino alle spalle sedeva di fronte a Brayden dandomi le spalle. Era quasi sicuramente l'uomo della notte prima nella vigna. Era scuro, ma quell'uomo aveva la stessa costituzione magra e atletica.

Brayden colse subito il mio sguardo e sorrise. Mi fece segno di avvicinarmi. "Cen, questo è il mio amico Jack. È di Shady Creek e alloggia qui." Fece un cenno verso l'uomo abbronzato di circa trent'anni dalla parte opposta del tavolo. "Jack, questa è Cen. La sua famiglia è proprietaria di questo posto."

Ero senza parole mentre le sinapsi del mio cervello prendevano il controllo. Questo doveva essere lo stesso Jack che alloggiava nella vecchia stanza di nonna Vi.

Jack si alzò e mi strinse la mano destra con la sua sinistra, indicando in segno di scusa la mano destra fasciata. Era leggermente più alto di Brayden e più vecchio di qualche anno, con un'aria di superiorità nei suoi confronti. "Avete un posticino caratteristico qui. Quando avete intenzione di ristrutturare? Sarà fantastico con un po' di lavori."

"Va bene così com'è," ringhiai al suo insulto intenzionale. Anche se Brayden non gli avesse detto della nostra inaugurazione, c'erano indicazioni in tutto l'edificio. Come ospite avrebbe dovuto accorgersene.

Brayden mi scoccò un'occhiata di avviso.

Io li guardai entrambi di traverso mentre il mio stomaco brontolava ricordandomi che avevo bisogno di cibo.

"Se ti piace questo genere." Jack gettò indietro la testa e rise. I suoi capelli perfettamente pettinati non si mossero di un centimetro. Prese dal taschino della camicia un biglietto da visita e me lo porse. "Chiamami se decidete di vendere il posto. Ma sarò onesto. L'edificio è da buttare giù, quindi l'unico valore è nella terra. Fortunatamente per te, siamo sempre alla ricerca di grandi proprietà come questa."

Il biglietto diceva *Jack Tupper III, senior vice president, area immobiliare, Centralex.*

Mi cascò la mascella mentre collegavo Jack, i progetti nella stanza di Tonya e la visita a notte fonda nella vigna. Forse la scoperta più importante era che Brayden non era stato sincero con me.

"Non siamo interessati a vendere." Volevo correre in cucina e raccontare tutto alla mamma. Ma non avrebbe aiutato, così mi feci forza per restare calma e raccogliere più informazioni possibili. Jack era ovviamente compagno di cospirazione di Tonya e forse anche il suo amante.

Jack scosse la testa. "La vostra locanda non sopravvivrà quando avrò aperto il mio nuovo resort, centro conferenze e centro commerciale. E il casinò. L'unico motivo per cui fate qualche affare ora è perché questo è l'unico posto in città."

Il mio volto arrossì mentre lottavo per non perdere il controllo. Quel tizio aveva un bel coraggio a venirmi a dire che i nostri affari erano maledetti proprio mentre si gustava la speciale colazione della mamma. Io sapevo anche dai progetti nella stanza di Tonya che la Centralex intendeva costruire sulla nostra proprietà e non da un'altra parte. Jack stava usando tattiche intimidatorie per ottenere la nostra terra a poco prezzo. Beh, noi non ci saremmo fatte intimidire. Non se io potevo evitarlo.

Brayden si schiarì la voce. "Il progetto di Jack comprende un hotel."

Il mio volto arrossì di più. Brayden mi stava manovrando ancora, solo questa volta per qualcosa che era direttamente in competizione con i nostri affari. "Ma noi abbiamo appena aperto la locanda. Westwick Corners non è abbastanza grande per avere un altro hotel." Il lavoro di Brayden come sindaco era di incoraggiare gli affari e il commercio ma questo non significava stare dalla parte della società immobiliare. Non aveva supportato molto il Westwick Corners Inn, a parte il suo lavoro part-time al *Witching post.* Che genere di favore si aspettava da Jack?

"Jack pensa in grande, Cen. Il resort avrà 200 stanze e un centro conferenze. Sarà una meta turistica, non un'impresa qualunque. Metterà Westwick Corners sulla mappa."

Era come se qualcuno mi avesse pugnalata alla schiena. La nostra proprietà era stata della famiglia per generazioni e Brayden sapeva che non avremmo mai venduto, a nessun prezzo. Sapeva anche che non avevamo altri mezzi per guadagnarci da vivere. Eppure si stava accordando con un agente immobiliare di fuori città e stava anche esaminando la nostra proprietà al chiaro di luna con Jack. Aveva programmato di proposito quella escursione di notte per non essere visto. Cos'altro non mi stava dicendo?

La rabbia mi cresceva sempre più all'interno. Stavo per perdere il controllo. "Devo andare." Mi girai di colpo.

Jack mi gridò alle spalle. "Ti sto facendo un favore ma la mia offerta vale solo fino a lunedì."

"Noi non vendiamo," ripetei. "Abbiamo appena aperto la locanda."

"Si possono fare dei bei soldi, Cen," mi gridò dietro Brayden.

Scossi la testa e continuai a camminare.

Brayden apparve all'improvviso al mio fianco. Mi strinse il braccio. "Passerò da te più tardi in mattinata, Cen. Ti racconterò."

"Mmm… Sono piuttosto occupata ora. Ti chiamerò più tardi." Feci un respiro profondo e mi diressi in cucina. Stavo meditando se raccontare alla mamma della proposta di Jack ora o dopo colazione. L'avrebbe sconvolta, ma doveva saperlo.

Mamma, zia Pearl e zia Amber erano proprietarie del posto. La cosa più oltraggiosa era che Jack a non si fosse rivolto a una di loro direttamente. Me l'aveva detto apposta, certo. Le mie informazioni di seconda mano avrebbero addolcito la pillola del fatto che un estraneo si voleva mettere in competizione con noi. Ma dopo aver visto i progetti della Centralex nella stanza di Tonya, sapevo che quello non era affatto l'intento. Il vero obiettivo di Jack era di prendersi la nostra terra e distruggere la nostra dimora storica.

Imprecai sottovoce mentre la situazione si chiariva perfettamente. Le bizzarre pretese di zia Pearl riguardo il vortice erano vere al 100%. Tonya si era già associata con la più grande impresa immobiliare dei dintorni e ottenere la nostra terra era solo una formalità.

I soldi riuscivano a far fare alle persone cose folli. Nonna Vi aveva ragione non solo sulla proprietà ma anche su Brayden. Aveva messo i suoi interessi speculativi davanti alla mia famiglia.

Ero a metà strada verso la cucina quando udii un rumore di sedie spostate sul legno dalla parte del tavolo dello sceriffo Gates e di Tonya. Mi girai mentre si alzavano. Immaginai che lui avesse finito con Tonya, per il momento. Mi diressi verso lo sceriffo, ma Brayden mi fermò.

"Cen, aspetta." Brayden venne verso di me a grandi passi, con il piatto in mano. Le posate fecero rumore sul piatto con uova e toast mentre lui mi raggiungeva. "Sembri pazza o qualcosa del genere."

"Ti ho visto la notte scorsa nella vigna con Jack," dissi mentre camminavamo fianco a fianco verso la cucina. "Non sapevo che il tuo compito di sindaco includesse mostrare in segreto la nostra proprietà a un agente immobiliare."

"Non è per niente così, Cen. Stai saltando alle conclusioni."

"Allora perché te ne andavi in giro di nascosto a notte fonda? All'improvviso sei ossessionato dalla nostra proprietà."

"Io non sono ossessionato e noi non stavamo curiosando di nascosto." La voce di Brayden si alzò mentre ci avvicinavamo alla porta della cucina. "Jack sta cercando di mantenere un profilo basso. Se dimostra troppo interesse i prezzi vanno alle stelle."

"Quindi si tratta della nostra terra." Mi fermai appena fuori dalla porta e lo affrontai. "Puoi dire al tuo amico Jack che la nostra terra non si vende."

"Come al solito ne stai facendo un affare di stato, Cen." Brayden alzò gli occhi al cielo e si girò. "Devo andare. Ne parleremo più tardi."

"Ah, Brayden?"

"Sì?" Brayden si fermò ma non si girò nemmeno a guardarmi.

"Il matrimonio è annullato."

Brayden si girò e mi fissò a bocca aperta per lo shock. Poi, per la prima volta in tanto tempo, mi ascoltò.

CAPITOLO 26

Brayden sedeva al piccolo tavolo da bistro all'ingresso della cucina. Era carico di piatti e attrezzi da ristorante, ma lui aveva fatto un po' di spazio per il suo piatto e aveva ricominciato a mangiare. Infilzò una fetta di patata con una forchetta e la fece girare nel ketchup. "Che cosa ti ha preso, Cen?" Fece una boccuccia intesa a suscitare la mia pietà. Ma non funzionò. Questa volta ero troppo arrabbiata.

"Non mi ha preso niente." Non avevo intenzione di fare una scenata nella cucina di Mamma, a portata d'orecchio di altre persone. "Piuttosto qualcosa ha preso te. Qualunque cosa sia, non mi piace."

Gli occhi di Brayden si strinsero mentre mi osservava. "C'è qualcosa di molto diverso in te. Improvvisamente sei troppo negativa. Sei stressata con tutti i preparativi per il matrimonio." Mi diede un colpetto sulla spalla come se fossi un bambino.

"Hai proprio ragione," dissi. "Questa cosa del matrimonio è troppo affrettata, così io l'annullo. Con tutto quello che è successo, ci sto ripensando."

Brayden si morse il labbro. "Usciamo insieme da anni, Cen. Come è possibile che secondo te il matrimonio sia affrettato?"

"Qualcosa non va per il verso giusto. Ho bisogno di tempo da sola per pensare a diverse cose."

"Non ci possiamo permettere il lusso del tempo. Avresti dovuto pensarci un anno fa, quando hai detto sì."

"Da allora sono cambiate molte cose." Il fatto che mi ero resa conto che l'ambizione politica di Brayden veniva sempre prima di me, per esempio. Il nostro matrimonio era un punto sulla sua lista di cose da fare. Io, come tutti gli altri, avevo dato per scontato che ci saremmo sposati. Non ci avevo mai pensato sul serio fino ad ora, forse perché avevo paura di affrontare la realtà.

"Cosa per esempio?"

"Non capiresti." La mia attrazione per Tyler Gates era solo un'infatuazione, ma era un sintomo reale della mia infelicità con Brayden. Ero in grado di fare incantesimi di riavvolgimento ma non potevo riavvolgere la mia vita. Una volta scelta la mia strada con Brayden, non potevo tornare indietro. C'era voluto un omicidio alle prove del mio matrimonio per costringermi a fermarmi e fare un bilancio della situazione.

Brayden si alzò. "Non farmi questo, Cen. Abbiamo 200 invitati, compreso il governatore. Non puoi annullare ora." Scosse lentamente la testa. "Sai che impressione darà?"

"Non mi interessa cosa pensano il governatore o chiunque altro. Io non posso andare avanti con questa cosa." Mi importava quello che pensava la mia famiglia, comunque. Soprattutto la mamma, che si era impegnata tanto per ogni dettaglio. Odiavo l'idea di deluderla.

"Ti stai facendo prendere dall'emozione a causa dell'omicidio e di tutto il resto." Appoggiò un braccio sulle mie spalle. "Senti, so che sarei dovuto venire alle prove ma sono stato preso dal lavoro. Prometto che mi comporterò meglio."

"Lo sceriffo Gates mi ha detto che la riunione sulla sorveglianza del crimine è stata annullata. Non eri nemmeno a questo incontro, ma non ti sei preoccupato di venire alle prove. Se io non valgo il tuo tempo, perché ti dovrei sposare?"

"Questo non è corretto, Cen. L'incontro è stato annullato a

causa di un conflitto nell'agenda. È la verità. Jack aveva solo un'ora libera nel pomeriggio, così i miei impegni sono stati un po' riorganizzati."

"È così?" Sentii crescere l'indignazione. "Senza dubbio gli sta davi parlando di come acquistare della terra a poco prezzo."

Un lampo di rabbia attraverso gli occhi di Brayden. "Dovresti ringraziarmi che mi interesso alla nostra città. La Centralex è la cosa migliore che sia successa a Westwick Corners da tanto, tanto tempo."

Fumai di irritazione ripensando alla passeggiata a notte fonda di Brayden all'esterno della mia casa sull'albero. Feci quello che potevo per mantenere la voce calma. "Nessuno vende, compresi noi. Non c'è niente in vendita in città e tutto il resto è terra da coltivare."

"Saresti sorpresa, Cen. Chiunque venderà se il prezzo è giusto."

"Chiunque?" Alza il sopracciglio. "Shady Creek non ha abboccato."

Brayden raschiò il resto dell'uovo dal suo piatto con la forchetta. "Il Westwick Corners Inn è troppo piccolo per guadagnare qualcosa. La tua famiglia andrà in bancarotta da sola. La cosa intelligente è vendere, perché offerte come quella di Jack non arrivano tutti i giorni. Almeno ascoltalo e vedi che cos'ha da offrire."

Il mio viso divenne rosso. "Noi non vendiamo, soprattutto dopo aver ristrutturato tutto. Dovresti saperlo. Sembra che tu stesso sia in affari con Jack."

"Non essere ridicola. Fa parte del mio lavoro di sindaco favorire le nuove opportunità. Mi sto dando da fare per ottenere quello che tutti vogliamo per Westwick Corners: lavoro e crescita."

"Non lo vogliamo a qualunque costo." Brayden ci aveva svenduti. I consiglieri della nostra città avevano tutti più di settant'anni e in generale votavano qualunque cosa volesse Brayden, quindi Jack avrebbe ottenuto quello che voleva, in un modo o nell'altro. "Perché Shady Creek ha rifiutato i suoi progetti?"

"Motivi di traffico." Rise Brayden. "Riesci a crederci? Chi è che non vuole più traffico?"

Conoscevo almeno una persona e certamente avrebbe agito.

"Parleremo meglio quando sarai riuscita a darti una calmata."

Il suo atteggiamento di noncuranza mi irritò sul serio. "Non c'è più niente di cui parlare. È finita."

La bocca di Brayden restò spalancata, mentre mi fissava senza parole.

Aspettò che io dicessi qualcos'altro, ma io avevo finito. Dopo un minuto si girò per andarsene, poi si girò e afferrò la sua colazione rimasta a metà prima di uscire e chiudersi la porta alle spalle sbattendola.

CAPITOLO 27

Restai seduta al tavolino da bistro per qualche altro minuto, soprattutto per essere sicura che Brayden e Jack fossero entrambi usciti dalla sala da pranzo. Quando non sentii più alcun rumore di conversazione, mi avvicinai silenziosamente alla porta e sbirciai fuori.

Lasciai andare un sospiro di sollievo nell'osservare la sala da pranzo quasi vuota. Jack se n'era andato e così gli altri ospiti. Nessuno mi aveva sentita discutere con Brayden. Aprii la porta di un altro spiraglio e il mio cuore sprofondò quando notai Tyler Gates a un tavolo vicino alla finestra, da solo.

Lui colse il movimento della porta e incontrò il mio sguardo. I nostri occhi rimasero fissi per una frazione di secondo prima che lui allontanasse lo sguardo. Lo sapeva.

Grande.

L'unica persona che non avrei voluto sapesse della mia difficile relazione aveva ovviamente sentito tutto. Mi girai e rientrai in cucina, abbacchiata.

Che stranezza.

Volevo parlargli del caso e questa situazione mi faceva desiderare di evitarlo. Ma zia Pearl aveva bisogno di aiuto in fretta, così non potevo esattamente nascondermi sotto un sasso.

"Hai fatto la cosa giusta."

Saltai al suono della voce alle mie spalle, non pensavo ci fosse qualcuno in cucina. "Cosa?"

Nonna Vi si librava a pochi metri da me, in una nuvola purpurea.

"Avevi promesso di restare nella casa sull'albero, nonna."

"Non posso stare lontana quando c'è bisogno di me. Brayden è completamente sbagliato per te. Ci vorrà qualche giorno ma si sgonfierà tutto."

"È ovvio che tu lo pensi. Non ti è mai piaciuto dall'inizio." Mi sedetti di nuovo al tavolo, abbattuta all'idea di annullare il matrimonio. "Come farò a disdire l'invito per 200 persone?"

"Penseremo a un modo." Nonna Vi sedette, o piuttosto restò a galleggiare, di fronte a me. "Ora puoi provarci con quell'affascinante nuovo sceriffo."

"Non farò niente del genere. Tutte le mie energie sono concentrate sulla soluzione dell'omicidio di Sebastian Plant per scagionare zia Pearl. Dimmi cosa sai di Tonya Plant e Jack Tupper."

"Chi è Jack?" Chiese nonna Vi.

"Quello che ficcava il naso insieme a Brayden la notte scorsa," dissi.

"Quello nella mia stanza."

"Non è la tua…" Mi fermai a metà frase. Non c'era motivo di irritare la nonna. Feci un profondo respiro. "Eravamo tutti d'accordo di aprire la locanda e abbiamo fatto tutti dei sacrifici. Non puoi spiare la gente in quel modo."

"Avevo nostalgia. E Pearl ha promesso di non dirlo a nessuno." Nonna Vi si accigliò. "Pearl non ha mai saputo tenere un segreto."

"L'ho convinta io a dirmelo," dissi. "Sta per essere accusata dell'omicidio di Plant a meno che noi non facciamo qualcosa. Di cosa parlavano Tonya e Jack mentre tu eri lì?"

"Non è che parlassero molto in quella stanza. Il marito di Tonya non è ancora sotto terra e quel farabutto se la fa con lei."

"Si deve essere in due per ballare."

Nonna Vi sospirò. "Non possono rubarci la terra da sotto i piedi, vero?"

"No, a meno che noi non accettiamo di vendere, e noi non abbiamo intenzione di farlo."

"Loro sembrano pensare di esserne già in possesso," disse nonna Vi. "Tonya sta prendendo in giro quel Jack, comunque. Lui è troppo preso per accorgersene."

Non riuscivo a immaginare l'irritante Jack innamorato ma forse era diverso a porte chiuse. "Ho bisogno del tuo aiuto per risolvere l'omicidio, nonna. Voglio che tu segua Tonya dovunque va."

"Intendi spiarla? Pensavo che non fosse permesso."

"In questo caso, lo è." Non potevamo lasciarla senza sorveglianza nemmeno un momento. Nonna Vi non sarebbe rimasta a casa mia in ogni caso, quindi conveniva sfruttare le sue capacità.

"Ma è una strega. Mi vedrà," disse nonna Vi. "Perché invece non posso spiare Jack?"

Scossi la testa. "Lo terrò d'occhio io. Ho bisogno di qualcuno potente contro Tonya, e la tua magia è molto migliore della mia."

Questo sembrò farle piacere. "A una condizione."

Sospirai. "Va bene, dimmi." Perché ogni promessa nella mia famiglia doveva essere legata a delle condizioni?

"Rivoglio la mia vecchia stanza."

Annuii. In un modo o nell'altro, vogliamo tutti indietro qualcosa. Io però non ero sicura se avremmo avuto quello che volevamo senza conseguenze.

CAPITOLO 28

Aprii la porta posteriore della cucina, sentendomi terribilmente in colpa verso Brayden. Anche se ero furiosa con lui, forse avrei potuto scegliere un momento migliore per sfogare la mia rabbia, per non parlare dell'annullamento il matrimonio.

Pensai di correre dietro a Brayden ma lui era già a metà strada verso il parcheggio, dove Jack era appena salito al posto del guidatore di una Lamborghini rossa. Magari era meglio lasciarlo solo in modo che digerisse il messaggio ma io mi sentivo già colpevole per avergli fatto del male. Non volevo rimangiarmi le parole in un momento di debolezza ma lui aveva tutto i diritti di essere arrabbiato.

D'altra parte, Brayden non sembrava già più così arrabbiato. Gridò per attirare l'attenzione di Jack.

Jack si sporse dal finestrino e disse qualcosa che non riuscii a capire.

Brayden rise. Rimase a guardare mentre l'auto di Jack usciva dal parcheggio e spariva giù per la collina.

Sospirai e mi girai verso la porta. Sapevo che avrei dovuto dire a Mamma dell'offerta limitata di Jack ma l'idea semplicemente mi deprimeva. Avrebbe depresso anche lei e io non ero pronta a gestire altra frustrazione. Mi indispettiva oltre ogni limite il fatto che Jack avesse la faccia tosta di mangiare e alloggiare al Westwick Corners Inn proprio nel momento in cui stava progettando di distruggerlo.

Ma l'ipocrisia di Jack e la sua temporanea assenza mi fornivano una piccola finestra di opportunità. Potevo infilarmi nella sua stanza e vedere se potevo raccogliere qualche altra informazione sulla società immobiliare.

Corsi su per le scale e mi fermai sul pianerottolo. Presi fiato, scioccata per essermi praticamente trasformata in zia Pearl. Forse la sua follia e irascibilità erano ereditarie.

Salii l'ultima rampa di scale pensando che se i nostri affari non erano già sprofondati, presto lo sarebbe stata la nostra reputazione. Ci sarebbe stato poco da fare se i clienti scoprivano che il personale si infilava nelle loro stanze mentre facevano colazione.

No, non ero zia Pearl. Avevo anche un ottimo motivo per controllare le scorte di sapone e shampoo. Mi diressi lungo il corridoio, fermandomi alla stanza dei rifornimenti per prendere un po' di materiale. Il mio animo si sollevò all'idea di fare qualcosa di produttivo, tanto per cambiare.

Il corridoio era deserto quando aprii la porta della stanza di Jack. La camera era un disastro, con le lenzuola e gli asciugamani gettati ovunque sul pavimento. Entrai in bagno e mi spaventai alla vista di macchie di sangue nella vasca da bagno. Superai lo shock iniziale e mi resi conto che era probabile fosse il sangue della mano fasciata.

Ma come aveva fatto a farsi male alla mano?

Ripensai a mia zia e alla sua paura del sangue. Non avrebbe potuto in nessun modo controllare il bagno senza essere spaventata a morte.

Studiai la stanza. A parte il sangue, non sembrava esserci altro di straordinario nel bagno, ma qualcosa colpì subito il mio sguardo nel cestino della spazzatura vicino alla scrivania. Un crick insanguinato. Jack non sembrava proprio il tipo da auto mutilarsi, figuriamoci con un crick.

Improvvisamente tutto ebbe un senso. Un attrezzo di quel genere era sufficiente per uccidere qualcuno, compreso un uomo grande come Sebastian Plant. Si dà il caso che Plant fosse rivale di Jack in amore. Jack era sia alto abbastanza che sufficientemente forte da infliggere a Sebastian Plant un colpo mortale. E un Sebastian Plant ubriaco non avrebbe comunque offerto molta resistenza.

Mi girai e mi diressi verso la porta. Dovevo raccontare subito allo sceriffo cosa avevo visto, in modo che lui potesse raccogliere le prove. Evidentemente Jack non pensava che qualcuno sarebbe entrato nella sua stanza. Aveva lasciato temporaneamente il crick nel cestino della spazzatura per potersene liberare con l'oscurità.

Il cuore mi si fermò mentre mi imbattei in nonna Vi. Doveva avermi seguita di nascosto.

"Mi hai spaventata a morte, Cen!" Volteggiò in un angolo sopra la porta e mi guardò con un sogghigno.

"Sei già morta, nonna. Perché mi hai seguita nella stanza di Jack?"

"È la mia stanza, non quella di Jack e vengo ogni volta che voglio." Lanciò un'occhiata di disapprovazione guardando la stanza. "Ma che confusione. È anche più disordinato di te."

Ignorai il suo insulto. "Per favore, nonna. Non puoi infilarti nelle stanze degli ospiti in questo modo."

"Perché no? Anche tu stai curiosando."

"No, io no. Sono venuta per lasciare un po' di shampoo e altre cose." Le mostrai la manciata di saponette e bottigliette di shampoo.

"Bel tentativo, signorina. Ricordati che ti posso leggere nel pensiero. Se sei tanto sospettosa di questo Jack, perché non lasci che io ti aiuti?"

"No, nonna. Ora devo andare. Devo informare lo sceriffo di quel crick." Mi girai verso la porta e mi gelai sui miei passi quando sentii la chiave girava nella serratura.

CAPITOLO 29

"Cosa diavolo stai facendo nella mia stanza?" La sagoma di Jack Tupper III riempiva il vano della porta senza lasciar passare la luce del sole del corridoio. Oltretutto mi impediva l'uscita.

"Le pulizie. Stavo lasciando un po' di materiale per il bagno." Arrossii mostrando debolmente le mani. Era terribilmente ovvio che non ero proprio vicino al bagno. Non mi ero aspettata che Jack potesse tornare. Doveva aver dimenticato qualcosa.

"Non ce n'è bisogno." Fece un gesto con la mano verso la porta. "Penso che faresti meglio ad andartene."

Barcollai verso la porta, lasciando cadere shampoo e sapone sul mobile e sfiorandolo mentre uscivo.

Sbattei la porta alle mie spalle e non mi guardai indietro.

Corsi giù per le scale, nella sala da pranzo e direttamente al tavolo dello sceriffo Gates. Notai con disappunto che Tonya era di nuovo seduta di fronte a lui. Ma ora non potevo aspettare più a lungo. "Ho bisogno di parlarti."

Gli occhi di Tonya Plant si strinsero fissando i miei.

Lei sapeva che avevo trovato qualcosa. Provai un'improvvisa fitta di paura mentre ripensavo agli avvertimenti di Hazel e Pearl.

Avrei dovuto aspettare che lo sceriffo fosse da solo ma, date le circostanze, come avrei potuto? Jack probabilmente si stava liberando del crick in questo momento.

"Cosa c'è?" Sembrò cogliere la mia ansia.

"È personale." Lanciai un'occhiata verso Tonya, che ora era decisamente in allarme. Questo per me significava una sola cosa. Era coinvolta nell'omicidio del marito e sospettava che io stessi per parlarne. Cos'altro poteva essere così urgente da interrompere l'interrogatorio dello sceriffo? "Possiamo parlare in cucina?"

Lui guardò Tonya che annuì. "Mi dia cinque minuti."

* * *

DIECI MINUTI più tardi Tyler Gates era di fronte a me al tavolo da bistro in cucina. Si sporse in avanti e parlò sottovoce. "Questa è un'informazione confidenziale ma un crick corrisponde con la scoperta del medico legale."

"Forse sarebbe meglio non dirmelo? Ricordati che io sono la stampa."

"Dirtelo fa parte della mia strategia. Spero che tu riesca a pubblicare una storia che faccia venire allo scoperto i veri assassini. Qualcuno in città sa qualcosa."

"Quindi hai escluso zia Pearl e il suo bastone?"

Lui scosse la testa. "Non escludo niente e nessuno ma per me è evidente che quel bastone non era abbastanza pesante per infliggere il tipo di danno che abbiamo visto sulla testa di Plant."

Rabbrividii. "Faresti meglio a correre prima che Jack distrugga la prova." Era stato davvero un gesto molto trascurato, o forse troppo sicuro, gettare il crick nel cestino dei rifiuti. Chiunque avesse pulito la stanza, per esempio zia Pearl, proprio la persona incastrata, lo avrebbe certamente notato. O forse chi l'aveva usato non aveva avuto tempo di liberarsene.

"I tecnici della scientifica stanno tornando qui da Shady Creek," disse Tyler. "Li ho richiamati appena sono entrato."

"Spero che Tonya non ti abbia sentito."

"No, se n'è andata di corsa subito dopo di te."

Fantastico. Dovevo avvisare zia Pearl e Hazel che Tonya ce l'aveva con noi. "Lei è sospettata? È la moglie, dopotutto. Se vuoi il mio parere, non mi sembra troppo afflitta."

"Sono tutti sospettati finché il caso non è risolto," disse.

"Lei in qualche modo è coinvolta. Tu sei al corrente della loro storia?"

Lui spalancò gli occhi. "Ci stiamo lavorando. La domanda è, tu come fai a sapere della loro relazione?"

Giocherellai con le dita mentre pensavo a una scusa. Non potevo dirgli che il fantasma di mia nonna era entrato nella stanza di Jack. "Abbiamo visto Tonya infilarsi nella stanza di Jack."

"E tu pensi che questa sia una prova sufficiente della loro storia? Devi avere qualcos'altro."

Avevo qualcos'altro, ma non potevo dirglielo. "Tonya e Jack sono soci in affari. Jack sta cercando di spaventarci per farci vendere la nostra terra per costruire un resort di Travel Unraveled. Sebastian era contrario all'idea. Penso che sia per questo che l'hanno ucciso."

Lo sceriffo rimase in silenzio mentre rifletteva sulla mia affermazione. Avevo la sensazione che stesse valutando quanto poteva dirmi.

"C'è di più." Estrassi lo scontrino del Walmart dalla tasca e glielo passai mentre descrivevo la bottiglia di Gatorade nel cestino. "Io non penso che fosse ubriaco. Tonya l'ha avvelenato con l'antigelo ma poi ha chiesto a Jack di colpirlo. Se fosse morto per il veleno, avrebbe comunque potuto incolpare Jack dell'omicidio." L'idea del capro espiatorio mi venne mentre stavo parlando. Aveva perfettamente senso che Tonya volesse incastrare Jack. In quel modo avrebbe tenuto tutto il guadagno per sé.

Nonostante la fame che mi ottundeva i sensi, il quadro si componeva con una chiarezza impressionante che finora mi era sfuggita.

Tyler Gates annuì. "Questo coincide con il rapporto del medico legale. Sebastian è stato sottoposto a diversi traumi causati da un corpo contundente, proprio il tipo di ferite che potrebbe procurare un crick. Ma è curioso il fatto che non abbia sanguinato tanto come avrebbe dovuto."

"Vuoi dire che avrebbe potuto essere già morto quando è stato colpito?" Mi ricordai di aver visto qualcosa del genere in *Forensic Files*.

I suoi occhi si spalancarono per la sorpresa. "Sì."

Ritornai con la mente alla bottiglia di Gatorade nella stanza di Tonya. "L'autopsia ha rivelato segni di avvelenamento?"

Gli occhi di Tyler si rannuvolarono mentre prendeva il telefono e digitava alcuni numeri. "È esattamente quello che dobbiamo verificare."

CAPITOLO 30

L'unica cella di Westwick Corners non veniva mai sfruttata molto. Era stata occupata in rare occasioni da qualche ubriaco ma mai, per quello che sapevo, da una strega. L'ospite d'onore del giorno era zia Pearl. Era stata colta con le mani nel sacco con la sua bacchetta, o bastone, secondo quello che credeva lo sceriffo. Lui l'aveva seguita fino alla stazione di rifornimento dopo averla vista con un'altra tanica di benzina, confiscata per evitare ulteriori incendi. Aveva preso anche la sua bacchetta. Prendere la benzina non era esattamente illegale ma rubare le prove della polizia, sì.

Il racconto dello sceriffo era confuso ma in qualche modo zia Pearl l'aveva fatta franca. Non avevo dubbi che la sua magia avesse giocato un ruolo sia nella perdita di memoria che nel recupero da parte della zia della bacchetta che si trovava nell'armadietto delle prove della polizia. Mi ripromisi che le avrei fatto affrontare la giustizia.

Una cosa che non mi riuscivo a spiegare era come avesse rubato la bacchetta, o bastone. La serratura era intatta, non c'erano segni di manomissione.

L'unico lato positivo degli scherzetti di zia Pearl era che infine aveva accettato di accompagnarmi alla centrale di polizia per scagionarsi. Temevo che avrebbe cercato di rubare di nuovo la bacchetta ma dovevo correre il rischio. L'avevo convinta che lo sceriffo avrebbe continuato a controllarla a meno che lei non fornisse informazioni che consentissero di trovare nuove tracce. Con mia sorpresa, accettò. Sapevamo entrambe che questo avrebbe comportato domande imbarazzanti sulla sua bacchetta. Fino a quel momento il suo comportamento aveva solo creato confusione e l'aveva incriminata, e io speravo che questa volta si limitasse a collaborare.

Zia Pearl non era ancora stata accusata formalmente ma una parte di me pensava che una cella fosse il posto più sicuro per lei. Essendo una strega sarebbe potuta uscire quando avesse voluto ma questo avrebbe solo peggiorato la sua situazione. Avevo bisogno di convincerla a restare tranquilla finché fossi riuscita a incastrare Tonya. Qualunque altra cosa avrebbe solo favorito il piano di Tonya per incastrare zia Pearl. Non avevo prove per nessuna di queste congetture, solo un sentimento di pancia e la sicurezza che nessuno della mia famiglia, compresa via Pearl, fosse un assassino.

Un'altra parte di me si chiese perché lo sceriffo Gates aveva imprigionato zia Pearl piuttosto che concentrarsi sulle prove che incriminavano Tonya e Jack. La legge operava basandosi su fatti concreti e io finalmente avevo trovato la prova che portava lontano da zia Pearl. Lo sceriffo aveva tutti i motivi per portare dentro quei due e interrogarli ma aveva già occupato l'unica cella disponibile. Speravo che sapesse cosa stava facendo.

Il piano di nonna Vi perché zia Pearl seguisse Tonya era sfumato rapidamente, con zia Pearl in custodia, così eravamo daccapo. Ero arrivata alla centrale pochi minuti dopo la chiamata dello sceriffo Gates, accompagnata da nonna Vi.

Dopo aver invano tentato di convincere nonna Vi a cercare Tonya, avevo rinunciato. Capivo le priorità della nonna. Zia Pearl poteva anche avere settant'anni ma era sempre la figlia di nonna Vi. Il suo istinto materno prevaleva.

"Dobbiamo tirarla fuori di qui, Cen."

"Rilassati, nonna. Penso che sia qui solo per essere interrogata." In fondo ero preoccupata perché lo sceriffo non aveva spiegato esattamente perché zia Pearl era stata arrestata. Conoscendo zia Pearl, potevano esserci numerosi motivi. Improvvisamente l'incendio sembrava un'inezia in confronto all'omicidio. Mi preoccupavo che lei si fosse spinta troppo in là.

Aspettammo nella piccola reception dell'ufficio che veniva utilizzato come centrale di polizia di Westwick Corners. Su una parete della reception erano allineate sei sedie con lo schienale di plastica e di fronte a queste si trovava un bancone rivestito di legno che risaliva al 1970. Raccolsi un numero di *Time* vecchio di due anni e feci scorrere le pagine raggrinzite, ma senza concentrarmi.

La centrale di polizia era al primo piano del municipio ed era l'ultimo posto dove avrei voluto essere in quel momento. L'ufficio del sindaco era nello stesso edificio e temevo di incrociare Brayden.

Nonna Vi camminava, o meglio volteggiava, avanti e indietro nella sala d'aspetto e dentro e fuori dalla stanza degli interrogatori dove si trovavano lo sceriffo Gates e zia Pearl.

"Ti puoi fermare? Il tuo galleggiare frenetico mi sta facendo venire mal di testa."

"Non riesco a evitarlo, Cen. Non si mette bene per Pearl. Le sta facendo davvero il terzo grado." Nonna Vi si librava sopra di me, la sua apparizione più fumosa del solito a causa dello stress emotivo per l'interrogatorio della figlia.

Le voci che provenivano dall'ufficio privato dello sceriffo erano attutite ma ero abbastanza sicura che fossero quelle di Tyler Gates e zia Pearl. Non c'era nessun altro.

"Hai sentito solo qualche stralcio di conversazione. Forse hai interpretato male qualcosa." Ero infastidita dal fatto che nonna Vi si fosse infilata nella stanza dell'interrogatorio per ascoltare. Mi irritava soprattutto il fatto che lei potesse origliare e io no.

Nonna Vi scosse la testa. "Per me il messaggio è forte e chiaro.

Lo sceriffo Gates non ha altri sospetti. Pearl sta andando giù, giù, giù." Mi mostrò un segno esagerato di pollice verso.

"È solo una tattica di interrogatorio. Non penso che sia una buona idea che tu stia ad ascoltare, nonna. Rende solo le cose più stressanti per zia Pearl, dato che lei ti può vedere. Potrebbe dire la cosa sbagliata." La combinazione di nonna Vi e Pearl poteva sollevare più problemi di quanti io potessi gestirne. Zia Pearl poteva facilmente esplodere, motivo per cui io ero qui. Prima riuscivo ad allontanare la mia folle zia dallo sceriffo meglio era.

"Shhh. Arriva lo sceriffo." La nonna si ritirò nell'angolo del soffitto proprio di fronte a me.

Tyler Gates sembrava infelice, cosa non sorprendente dato che zia Pearl non aveva certo steso il tappeto rosso per lui. Era solo il suo secondo giorno in questo ruolo e probabilmente se ne stava già pentendo. "Terrò Pearl in custodia."

Io saltai in piedi. "La arresti?" Avevo promesso a zia Pearl che il suo interrogatorio sarebbe durato solo un'oretta. Sarebbe stata furiosa con me.

"Tecnicamente no, ma la trattengo per la notte. Sono parecchio preoccupato riguardo la sua sicurezza personale per cui ho deciso di tenerla in custodia protettiva. In questo modo posso controllarla."

Pensai che erano tutti gli altri a doversi preoccupare ma non gliel'avrei detto. "Sa badare a sé stessa. Ma se sei preoccupato la puoi lasciare alla mia custodia. Prometto che la terrò d'occhio come un falco."

Tyler scosse lentamente la testa. "Mi dispiace, non posso farlo. Ha minacciato di farsi del male."

Non ci credetti nemmeno per un secondo. Sospettai che il piano di zia Pearl per porre termine all'interrogatorio avesse avuto l'esito sbagliato. "Lei parla e basta. La sua sicurezza non è un motivo sufficiente per tenerla in prigione."

"Quello non è l'unico motivo," disse lo sceriffo. "È troppo coinvolta nel caso."

Mi alzai. "Zia Pearl non è un'assassina. So che sembra terribile, ma non è stata lei."

Un debole sorriso si accese sulle labbra di Tyler Gates. "Non ho mai detto che lo ha fatto. È trattenuta per aver ostacolato la giustizia, non per l'assassinio."

"Ah." Le mie spalle si rilassavano mentre registravo la notizia. Da una parte ero sollevata, ma temevo anche il caos che avrebbe portato all'interno della centrale di polizia.

"Mi dispiace ma non ho avuto scelta," disse. "Sto avendo pressioni dal governatore per risolvere il caso e tua zia continua a creare problemi. Non può portare via le prove in quel modo."

"Sì?" Mi sembrava di essere un disco rotto ma non riuscivo a pensare a niente da dire senza incriminarmi.

"In qualche modo ha preso il suo bastone dall'armadietto delle prove. Era chiuso a chiave quindi non so nemmeno come abbia fatto. La serratura non era danneggiata e io ho l'unica chiave. Pearl non mi vuole dire come ha fatto ma io l'ho colta con la prova in mano."

I suoi dolci occhi marrone si fissarono nei miei e io ebbi un brivido nonostante il calore terribile del piccolo ufficio.

"Sì, ha bisogno del suo bastone."

"Le ho suggerito di prenderne un altro, ma si rifiuta. Avevo deciso di lasciarle un po' di corda ma c'è un limite da non superare nell'interferire con un'indagine di omicidio," disse lo sceriffo Gates.

"No, hai ragione a farlo." Avrei potuto fare molte più cose senza dover inseguire in continuazione zia Pearl. Senza dubbio sarebbe scappata dalla prigione ma ci avrei pensato quando sarebbe successo. In effetti, la sua incarcerazione mi lasciava libera di fare qualche altra indagine su Jack e Tonya.

Tyler Gates mi fece cenno di sedermi. Si sedette di fianco a me. "Stavo proprio parlando con il medico legale. Nel fegato di Sebastian Plant sono stati trovati dei cristalli di ossalato di calcio. È stato avvelenato con glicole etilenico." Aveva in mano una cartelletta di tela con l'etichetta *Plant - Rapporto del medico legale*.

Le mie mani volarono alla bocca. "Avevo ragione sull'antigelo."

Lui annuì. "Abbiamo Tonya sul video di sorveglianza del Walmart alla stessa ora circa dello scontrino."

Infine qualche prova concreta che indicava qualcuno diverso da zia Pearl. "Quindi Tonya ora è ufficialmente sospettata?"

"Non posso dire di più al momento e nemmeno tu. Volevo solo farti sapere che abbiamo approfondito le informazioni che ci hai dato. Non puoi scrivere niente di questo finché avrò fatto una dichiarazione, più tardi in giornata."

Mi alzai, sollevata che non ci fosse più tanta pressione su zia Pearl. "Posso andare a vedere mia zia ora?" Guardai in alto ma nonna Vi era sparita. Sospettai che fosse già nella cella di zia Pearl a commiserarla.

"Non vedo perché no. Ma ricordati, non dire niente dei risultati del medico legale, per ora." Promisi mentre lui mi faceva cenno di seguirlo lungo il breve corridoio che portava alla cella solitaria. Zia Pearl sedeva sul letto e guardava in alto quando ci avvicinammo. Era la cella di una prigione, ma aveva anche qualche tocco casalingo come una coperta patchwork sul letto e un tappeto intrecciato sul pavimento di linoleum.

Zia Pearl non sembrava impressionata dall'arredo. Si acciglò quando mi avvicinai alle sbarre. "Voglio un avvocato."

Io la ignorai e fissai insistentemente lo sceriffo.

Lui corrugò le sopracciglia. "Ah, già. Vi lascerò da sole per qualche minuto."

Westwick Corners era un paese modesto, quindi ero abbastanza sicura che la cella non fosse dotata di strumenti costosi come una videocamera o microspie. Anche se fossimo state sotto sorveglianza, avevo delle domande che necessitavano urgentemente di una risposta. "Cosa succede con Tonya? Avresti dovuto seguirla."

"Per questo ero alla stazione di rifornimento. L'ho seguita fino lì poi lei è entrata in un camion della Centralex Development." Zia Pearl sputò nel lavandino dopo aver detto il nome di quella società, come se le avesse lasciato un cattivo sapore in bocca.

"Hai visto chi era alla guida del camion?"

Zia Pearl annuì. "Era quel tizio hippy con i capelli lunghi che girava per l'hotel."

"Intendi Jack Tupper? Quello che alloggia nella vecchia stanza di nonna Vi?"

Fui spaventata da una voce bassa che imprecava dall'alto e alzai lo sguardo per vedere nonna Vi che stringeva i pugni e borbottava tra sé.

"Sì, quello," disse zia Pearl. "Non ho potuto seguirli perché ero a piedi. E in quel momento lo sceriffo mi ha assalita. Da quando è un crimine prendere la benzina?"

"Non avresti dovuto scappare da lui, zia Pearl."

"Lui stava per arrestarmi, Cen. Per quale motivo?" Agitò le braccia. "Sono innocente. Voglio un avvocato."

Secondo lo sceriffo, zia Pearl non era tecnicamente in arresto ma io non volevo cambiare discorso. "Dov'era diretto il camion della Centralex?"

"Hanno preso la rampa d'ingresso per l'autostrada verso Shady Creek."

Il cuore mi sprofondò. "Ora li abbiamo persi entrambi. Non sapremo mai cosa stanno combinando." Tonya e Jack avevano entrambi moventi forti. Tonya aveva appena acquisito il controllo totale dell'impero Travel Unraveled, e i due insieme come amanti, se è vero che lo erano, avevano eliminato l'ostacolo alla loro relazione. Tonya doveva liberarsi di zia Pearl per poter procedere con i suoi piani, quindi aveva perfettamente senso che la volesse incastrare per l'omicidio.

"Non preoccupatevi." Nonna Vi scese dal soffitto e volteggiò di fianco a zia Pearl. "Li seguo io. Dov'è la sede di questa Centralex? Comincerò da lì."

Presi il mio cellulare e cercai l'indirizzo. Avere un fantasma a disposizione era di certo un vantaggio. "Vengo con te."

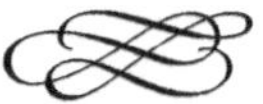

CAPITOLO 31

In autostrada spinsi il pedale a tavoletta e accelerai, prendendo l'autostrada verso Shady Creek e la Centralex. Sperai che Tonya e Jack fossero diretti lì, perché non avevo altro modo per trovarli.

Era difficile concentrarsi alla guida con nonna Vi che volteggiava in giro per l'auto. I fantasmi non si siedono, galleggiano in aria, e lei sembrava essere sempre in mezzo, ogni volta che controllavo lo specchietto retrovisore. La sua forma semitrasparente creava un effetto simile alla nebbia che rendeva difficile vedere anche la strada davanti a me.

"Tieni gli occhi sulla strada, Cen, o ci farai uccidere." La nonna volteggiò pericolosamente vicino al posto di guida. A dire il vero, dubitavo che un fantasma potesse afferrare il volante, ma comunque mi innervosiva.

"Tu sei già morta, ti ricordi?"

"Sarai morta anche tu, se non rallenti," borbottò e si ritirò sul sedile posteriore.

Cambiai argomento. "Cerca di ricordare che altro stava succedendo nella stanza di Tonya e Jack."

"Vuoi dire, a parte il sesso?"

"Certo, a parte quello. Di cosa parlavano?"

"Non stavo ascoltando davvero ma ricordo qualcosa a proposito di sposarsi."

"Intendi, tra di loro?" Un altro movente per l'assassinio ma non potevo certo riferire allo sceriffo Gates quello che aveva origliato un fantasma. Dovevo cercare di verificare il suo racconto.

"Tonya ha detto a Jack che dovevano aspettare un anno, finché le chiacchiere sull'assassinio di Sebastian si fossero acquietate. È tutto quello che ho sentito."

Mi sentii un groppo in gola a sentir parlare di matrimonio. "Sei sicura? Cerca di pensarci bene. Sappiamo che uno o entrambi hanno ucciso Sebastian Plant. Dobbiamo solo provarlo."

"È per quello che li stiamo inseguendo fino a Shady Creek?" La nonna volteggiò sul sedile anteriore, creando un punto cieco semitrasparente. "Mi sembra una perdita di tempo. Non è lavoro dello sceriffo?"

"Lui non sa gestire le streghe, nonna. Ha bisogno del nostro aiuto."

"Con Pearl ha fatto proprio un buon lavoro... Perché lo stiamo aiutando? Ha chiuso Pearl in gattabuia. È persecutorio."

"Ci si è ficcata dentro da sola e tu lo sai." Non potevo aspettarmi che nonna Vi fosse obiettiva quando era coinvolta sua figlia. "L'assassinio è una cosa molto più seria e Tonya e Jack stanno cercando di portarci via la terra. Noi aiutiamo la nostra causa. È nel nostro assoluto interesse aiutarlo, preparando una trappola per Tonya e Jack."

"Quell'hippy ha già preso la mia stanza. Voglio che se ne vada." Nonna Vi galleggiò da un lato e rimase sopra il sedile del passeggero. "Cosa dobbiamo fare, esattamente?"

"Diciamo che abbiamo cambiato idea sul fatto di vendere. Io sono la messaggera di Mamma, Pearl e Amber, le proprietarie, così non avranno scelta se non ritornare a Westwick Corners."

Nonna Vi sospirò. "Sembra rischioso. Posso dire la mia?"

"Certo che puoi, ma sei un fantasma, ricordi? Hai lasciato la proprietà alle tue figlie, quindi loro possono decidere cosa farne. Ma è una finta. Non vogliamo vendere davvero."

"Meglio di no. Rivoglio la mia stanza. Soprattutto adesso che hai annullato il matrimonio."

"Per me va bene." La decisione non dipendeva da me, ma non desideravo neanche vivere insieme a nonna Vi per molto tempo. Ci davamo fastidio a vicenda. "Dobbiamo prima trovare Tonya e Jack. Li inganneremo per farli tornare a Westwick Corners."

Guidammo per altri trenta minuti in silenzio, fino a raggiungere la svolta per Shady Creek. Uscimmo dall'autostrada e procedemmo per qualche altro chilometro verso il centro. La Centralex occupava l'edificio più alto, una mostruosità di cemento e vetro che sembrava germogliare tra le vecchie e basse costruzioni di mattoni e legno come un'erbaccia.

Rallentai quando arrivammo nei pressi del palazzo ma sentii una fitta di paura all'idea di entrare nel parcheggio.

"Hai superato l'entrata," mi fece notare nonna Vi.

"Lo so. Devo pensare a un piano." Svoltai l'angolo e feci il giro dell'isolato.

"Davvero, Cen? Hai avuto tanto tempo per pensarci mentre venivamo qui. Smettila di rimuginare e agisci."

"Facile da dire, per te. Sei invisibile." Rallentai mentre ripassavo davanti all'edificio. Il mio spirito si sollevò quando vidi il camion della Centralex nel parcheggio. Ma la mia speranza svanì altrettanto rapidamente quando notai altri tre camion identici. "Vorrei che ci fosse un modo più semplice per sapere se sono qui o no."

Nonna Vi sbuffò. "Andrò io mentre tu aspetti in macchina."

"Non se ne parla." La nonna non poteva guidare l'auto ma non avevo dubbi che sarebbe riuscita a cacciarsi nei guai nella sede della Centralex. Scelsi un posto nell'angolo più lontano e parcheggiai. "Andiamo."

Mentre mi dirigevo verso l'edificio avevo la sensazione che non sarei potuta tornare indietro.

CAPITOLO 32

Spinsi la pesante porta di vetro della sede della Centralex, sorpresa di trovarla aperta di sabato. La tenni aperta per un attimo per consentire a nonna Vi di infilarvisi. Era la forza dell'abitudine, perché non era necessario dato che lei avrebbe potuto passarci attraverso.

Il piano terra si apriva su un ampio atrio di vetro con una scalinata lungo un lato.

"Aspetta qui," dissi a nonna Vi. Io salii le scale verso il secondo piano. Camminai in punta di piedi su uno spesso tappeto, verso delle voci che si alzavano alla fine del corridoio.

Due persone stavano parlando e, considerando il tono basso, dovevano essere uomini: non erano Jack e Tonya.

Restai vicino al muro di fronte alla sala del consiglio. Il mio punto di vista mi consentiva di guardare agevolmente il tavolo da conferenza attraverso una porta aperta. Due uomini sedevano a pochi metri di distanza e quello di fronte a me era Jack.

Mi sentii mancare per lo stupore nel riconoscere la voce di Brayden.

"La lottizzazione va cambiata, ma è facile," disse Brayden. "I consiglieri in generale fanno quello che dico io. La famiglia West vuole fare un mucchio di soldi, ma io penso che accetteranno la tua offerta se è abbastanza vicina al valore di mercato."

Mi si fermò qualcosa in gola quando mi resi conto che Brayden stava parlando della nostra proprietà. Non solo nonna Vi aveva avuto ragione riguardo al piano di Jack e Tonya, ma anche Brayden sembrava coinvolto. Era in combutta con Jack anche da prima della nostra rottura. Questo non andava bene. Come sindaco c'era chiaramente un conflitto di interessi, ma come poteva tradire me in questo modo?

Ero talmente furibonda che quasi marciai diretta dentro la stanza. Presi fiato e mi calmai avvicinandomi lentamente. Non avevo bisogno di nonna Vi al mio fianco per leggere il pensiero di Brayden.

Jack fece scorrere una pila di carte sul tavolo verso Brayden. "C'è qualcosa per te, qui, se l'operazione funziona."

Brayden si stava facendo comprare? Brayden era tante cose ma non un criminale. Ero sicura che non avrebbe accettato dei soldi ma non potevo nemmeno credere a quello che sentivo.

"Non so," disse Brayden. "Sarà difficile abbandonare così la politica."

"Non sei obbligato. Lavora con me per qualche anno e poi torna in politica." Jack si alzò dal suo posto e camminò intorno a Brayden. "Tu ci fai avere le conoscenze politiche e noi ti faremo un nome." Jack abbracciò Brayden e gli diede una pacca sulla schiena. "Vinciamo entrambi."

"Sono tentato," disse Brayden. "Non c'è davvero più niente che mi tenga a Westwick Corners."

Era chiaro che si riferiva anche a me, ma soprattutto alla città che andava in giro a dire di amare così tanto.

"Sì, mi dispiace, amico. Ho sentito che hai rotto." Jack fece una finta sul braccio di Brayden. "Vedrai che è meglio così."

Ero infuriata per il fatto che Jack aveva dato un giudizio su di me senza nemmeno conoscermi. Mi piaceva sempre meno.

"Lo so." Annuii Brayden.

Ora ero davvero arrabbiata. Brayden si era dimenticato di me in modo terribilmente veloce. E ora stava vendendo la nostra città al miglior offerente. Anche se non aveva fatto niente di concreto per il momento, il solo fatto che avesse questa discussione con Jack lo rendeva un traditore ai miei occhi. Per quello che ne sapevo non aveva preso una bustarella ma un'offerta di lavoro era molto diversa? In entrambi i casi stava accettando una ricompensa per girarsi dall'altra parte invece che proteggere gli interessi dei suoi elettori, i cittadini di Westwick Corners.

Feci un salto al suono del mio cellulare. Anche Brayden lo sentì. Si diresse alla porta e guardò nel corridoio. Spalancò la bocca quando i suoi occhi incontrarono i miei.

Jack mi vide una frazione di secondo dopo. "Parli del diavolo."

Alzai il dito indice. "Devo rispondere." Risposi al telefono mentre mi davo da fare per pensare a cosa avrei detto dopo.

La voce di nonna Vi crepitò nell'aria. "Dove sei?"

"Non importa. Perché mi chiami?"

"Ti sto aspettando all'ingresso. Abbiamo finito? Voglio tornare a Westwick Corners." Nonna Vi concluse con uno dei sospiri più teatrali.

"I fantasmi non usano cellulari," sussurrai nel mio telefono mentre mi allontanavo dalla porta più veloce che potevo e correvo lungo il corridoio.

"Ma io ti ho chiamata, no?"

"Dove hai trovato il mio numero?"

"Oh, Cen. Certe volte sei davvero ridicola. Non ho bisogno del tuo numero, e non ho bisogno di chiamarti." L'immagine di nonna Vi si materializzò lentamente davanti a me. Dopo tutto non aveva usato un telefono ma solo la sua magia. "Dovevo fare qualcosa per attirare la tua attenzione, così l'ho fatto suonare. Sono qui per riferirti dei miei ritrovamenti."

"Quali ritrovamenti? Avresti dovuto aspettarmi da basso."

CAPITOLO 33

"Cosa fai qui?" Gli occhi di Jack si strinsero mentre mi osservava. "E perché diavolo parli da sola?"

Nonna Vi fece una risatina guardando giù dal soffitto.

Brayden seguì Jack nel corridoio. "Lo fa continuamente."

Ignorai Brayden e mi concentrai su Jack. "Spero che non sia troppo tardi. Abbiamo deciso di vendere."

"Cen, è fantastico." Brayden corse verso di me. "Non te ne pentirai."

"Ti ascolto," disse Jack. "Ma ho trovato un'altra proprietà quindi potresti essere in ritardo. Oppure potresti dover accettare meno soldi. Gli altri stanno valutando la nostra offerta proprio ora."

Io ignorai il suo bluff. "Mamma, zia Amber e zia Pearl sono pronte a firmare i tuoi documenti a una condizione."

"Quale?"

"Devi tornare a Westwick Corners. Zia Pearl in un certo senso è limitata nei movimenti in questo momento e non può lasciare la città. Potresti farlo?"

"Immagino di sì." Un sorriso si aprì lentamente sul volto di Jack.

"Bene." Controllai l'orologio. "Vediamoci domani mattina." Avevamo bisogno di altro tempo per essere sicuri che Tonya fosse sottoposta alla giustizia della WICCA prima di qualunque altro giudizio dello sceriffo Gates. Fece qualche passo verso le scale e mi girai. "Oh, un'altra cosa."

"Quale?"

"Per favore porta anche Tonya."

"Tonya Plant? Perché dovrei portare…"

"So tutto della vostra partnership e dei progetti per il resort." Indicai Brayden. "Brayden me l'ha raccontato."

Gli occhi di Jack si spalancarono. Si girò verso Brayden ma non disse niente.

La bocca di Brayden si aprì di colpo.

"Non penserai che avrebbe mantenuto un segreto con la sua futura moglie, no?"

"Io non le ho detto niente." Brayden si girò verso Jack. "Non so di cosa sta parlando. Non ne ho parlato ad anima viva."

Feci spallucce e mi girai di nuovo verso le scale, con nonna Vi a pochi metri di distanza. Scesi i gradini sentendomi salire la nausea per essere stata così ingenua. Come una stupida avevo riposto tutta la mia fiducia in Brayden, senza rendermi conto che lui non era mai stato sincero con me dall'inizio. Speravo solo che la nonna non avrebbe fatto una gran discussione sul fatto che aveva ragione. Non ero dell'umore giusto.

Nonna Vi volteggiava con impazienza nei pressi della porta. "Muoviti, non abbiamo tutto il giorno."

* * *

"Cosa c'è che non va?" Guardai verso nonna Vi, che era stranamente silenziosa mentre percorrevamo l'autostrada verso West-wick Corners. "Sei molto silenziosa."

Nonna Vi fece spallucce mentre galleggiava sul sedile del passeggero. Non si era mai mossa dalla sua posizione da quando avevamo lasciato Shady Creek mezz'ora prima. Mi rendeva più facile guidare ma ero anche preoccupata. C'era qualcosa che non andava.

Non insistetti, decisi per una volta di godermi semplicemente il silenzio. Era una giornata luminosa e soleggiata, perfetta per un viaggio panoramico. Avrei potuto godermela prima di dover affrontare di nuovo Jack e Tonya.

Uno scoppio improvviso che proveniva dalla parte posteriore dell'auto mi fece sussultare. Non sapevo molto di meccanica ma ricordavo vagamente che la mia vecchia auto aveva il tubo di scappamento allentato. Questo rumore non era proprio come quello, ma avevo altre idee in proposito. Poteva essere lo scappamento o qualcosa del genere. "Io accosto. Penso che si sia rotto qualcosa."

"No, no, no!" Nonna Vi agitò le braccia freneticamente. "Continua ad andare!"

"Non posso. Non quando il veicolo su cui viaggio cade a pezzi." Rallentai e accostai verso destra.

"Cen, ascoltami." Nonna Vi volteggiò a pochi centimetri dal mio volto. Trasparente o no non riuscivo quasi più a vedere davanti a me. Era come guidare nella nebbia fitta, solo che fuori era una bella giornata di sole. "C'è Tonya nel baule."

L'auto fece uno scarto mentre dal lato del passeggero lasciava il manto d'asfalto, arrivando con un leggero colpo sulla spalletta di ghiaia.

Tolsi una mano dal volante per allontanare la nonna, ma naturalmente la mia mano le passò attraverso. "Togliti da davanti, Nonna! Non vedo niente."

Lei ritornò sul sedile del passeggero. "Oops, scusa."

"Perché non me l'hai detto prima?" Adesso era chiaro che il rumore che sentivo era qualcuno che bussava dal baule.

"Non volevo spaventarti perché poi tu avresti rallentato e saremmo finite... proprio come ora."

"Capisco." Ma non mi era tutto chiaro. "Tonya è una strega: non può usare la magia per uscire dal baule?"

"Non contro il mio incantesimo ma non abbiamo molto

tempo. Le magie di una strega fantasma non durano a lungo. Penso che abbiamo altri cinque o dieci minuti prima che l'effetto si esaurisca. Ora torna sull'autostrada e schizza via."

"Non capisco. Tonya sarebbe venuta comunque…"

"Cen, chiudi la bocca." La nonna scosse la testa avanti e indietro.

"Cosa?"

Nonna Vi fece il segno di una cerniera chiusa attraverso la bocca e picchiò con il dito il lato della testa.

Certo. La nonna poteva leggere il pensiero, io potevo pensare le mie domande. In questo modo Tonya non avrebbe potuto ascoltare. Ma non avrebbe sentito le risposte della nonna? Forse l'incantesimo provvedeva anche a questo.

Nonna Vi alzò il volume della radio al massimo e mimò le parole con la bocca. "Prima che Tonya e Jack rispondano dei loro crimini a Westwick Corners, Tonya deve affrontare la giustizia della WICCA. Ha commesso anche crimini soprannaturali e questi devono essere giudicati prima."

Più o meno questo è quello che io pensavo avesse detto. "Quindi l'hai rapita?" Il senso della giustizia di nonna Vi mi faceva sentire a disagio e non riuscivo in alcun modo a immaginare come fosse riuscita a mettere Tonya nel baule. Era fisicamente impossibile. Nonna Vi ovviamente aveva alcuni assi nella sua manica fantasma.

"Non ho fatto niente del genere. C'era un ordine d'arresto." Sogghignò. "E anche una discreta taglia sulla sua testa."

CAPITOLO 34

ia Pearl stava già aspettandoci quando ci fermammo davanti alla Scuola di Fascinazione di Pearl. Aveva preso un permesso soprannaturale non autorizzato per uscire dalla prigione della contea di Westwick, per poter assistere al corso della giustizia. Sperai che lo sceriffo non l'avrebbe controllata per qualche ora. Dovevamo occuparci degli affari della WICCA.

"Hazel è andata avanti per sistemare le cose all'ufficio di Londra della WICCA," disse zia Pearl. La giustizia della WICCA era rapida ma tante cose potevano andar male prima che consegnassimo Tonya al tribunale.

Alan corse verso di noi dimenando la coda. "Portiamo anche Alan."

Zia Pearl scosse la testa. "Ora non è il momento, Cen."

"Sì, ora è proprio il momento giusto."

"Ha ragione lei, Pearl." Nonna Vi si mosse verso il baule dell'auto in cui Tonya stava scalciando e gridando. "Non avete tempo da perdere. Voi due fate meglio ad andare."

Spalancai gli occhi. L'idea di zia Pearl e me che tenevamo a

186

bada Tonya mi terrorizzava. Certo, avevamo Alan, ma le sue capacità erano limitate nella sua forma attuale. "Tu non vieni con noi?"

Nonna Vi scosse la testa. "Ora che sono tornata a casa, non voglio lasciarla più per nessun motivo. Voi andate veloci."

Togliemmo Tonya, che non smetteva di imprecare, dal baule e le stemmo addosso. Il ringhiare di Alan aiutava a tenerla sotto controllo.

Seguii le istruzioni di zia Pearl per il teletrasporto e meno di cinque minuti dopo ci ri-materializzammo tutti quanti davanti a un grattacielo di acciaio e cemento. Era ben illuminato nonostante fosse ben più tardi di mezzanotte. Le strade della città erano silenziose e deserte. Era inquietante, per dire il minimo.

La porta girevole cominciò a muoversi lentamente. Supposi che fosse un invito a entrare e così facemmo, zia Pearl davanti, Tonya in mezzo e io a chiudere la fila. Entrammo in un ascensore che sembrò comparire proprio davanti a noi. La porta si chiuse e zia Pearl spinse il bottone per il sessantasettesimo piano.

Viaggiammo in silenzio, le parole dette in precedenza da zia Pearl sul fatto che Tonya non era molto brava come strega mi davano conforto, finché non mi resi conto che probabilmente mia zia diceva esattamente la stessa cosa di me.

Le porte dell'ascensore si aprirono e ci accolsero due guardie corpulente. Una prese Tonya in custodia e la scortò lungo il corridoio verso una stanza dove sarebbe stata trattenuta. La seconda guardia ci fece strada verso l'ufficio principale. Io seguii zia Pearl e Alan verso la sala conferenze del consiglio della WICCA.

L'associazione della comunità internazionale delle streghe era un'organizzazione vecchia di secoli, quindi avevo immaginato l'ufficio londinese della strega Hazel buio, con pareti di legno e mattoni, in una vecchia dimora con grandi camini di pietra.

Era esattamente il contrario. Anziché essere mistica e confortevole, l'atmosfera dell'ufficio era pulita, sterile e moderna, adatta al sessantasettesimo piano del grattacielo di uffici più alto di Londra. L'arredamento era moderno, minimale e bianco, con molto acciaio, vetro e luci luminose. Come tutto il resto, la WICCA era cambiata con il tempo.

Avevo sviluppato una immagine romantica e mistica della WICCA perché ne sapevo molto poco. In effetti, avevo sempre cercato di ignorare tutto quello che aveva a che fare con la mia natura soprannaturale ma le lezioni di magia di zia Pearl mi avevano aperto un mondo completamente nuovo, un mondo che non avevo mai realmente voluto vedere fino ad ora.

Vidi anche mia zia sotto una luce completamente nuova. Certo, era irascibile e ostinata, ma era anche profondamente legata a Westwick Corners e avrebbe fatto qualunque cosa per proteggere la città e il nostro modo di vivere. Prendeva anche i suoi poteri molto sul serio. Non lo avrei mai ammesso ma ero orgogliosa di lei.

Zia Pearl e io eravamo i testimoni chiave contro Tonya e io non volevo rovinare tutto. Ci aspettava un compito enorme. Le infrazioni al codice magico dovevano essere processate secondo il sistema di giustizia della WICCA. Speravo solo che le nostre affermazioni potessero sottostare allo scrutinio soprannaturale.

Zia Amber ci accompagnò in una sala riunioni esecutiva dove Hazel era già seduta a un capo del grande tavolo da riunioni di lacca bianca. Zia Amber si sedette alla sinistra di Hazel e zia Pearl e io ci mettemmo al suo fianco.

Hazel rimase seduta e non disse niente. Dalla sua espressione stanca e dagli occhi gonfi e iniettati di sangue, era evidente che aveva pianto. A causa della sua relazione con Sebastian avrebbe potuto non partecipare al processo; comunque, come presidente della WICCA, doveva essere presente.

Alan venne dietro a me e sedette ai miei piedi. Ero determinata a controbattere le scuse e le procrastinazioni di Hazel. Lo sguardo dei suoi occhi marroni pieni di vita avrebbe convinto Hazel a farlo ritornare alla sua forma umana, ma doveva aspettare finché il processo fosse terminato.

Spostai il mio sguardo sul lato opposto della sala del consiglio, verso i tre giudici che avrebbero deciso del destino di Tonya. Si trattava di tre donnine dai capelli grigi che sembravano avere almeno novant'anni. Avevano tutte uno sguardo rugoso e saggio, e io speravo che questo volesse dire che erano perfettamente a conoscenza della legge della WICCA.

Gli esseri soprannaturali avevano bisogno di deterrenti soprannaturali. Questo era il motivo per cui la WICCA aveva una sua giustizia e la nostra missione era così critica.

La stanza era colma di tensione come un barile di polvere da sparo di emozioni, pronto ad accendersi, quando Tonya fu scortata all'interno da una guardia. Aveva lo sguardo basso ed evitava il contatto con chiunque mentre il primo giudice leggeva le accuse che le venivano mosse.

L'accusa più seria, abuso di poteri soprannaturali, aveva la punizione più severa. Se fosse stata dichiarata colpevole, Tonya sarebbe stata espulsa dalla WICCA e privata per sempre dei poteri.

Le punizioni dei mortali impallidivano a confronto di quelle della WICCA e la cella di una prigione di Washington non era niente a paragone delle sentenze del tribunale delle streghe. Se Tonya fosse stata considerata innocente dal tribunale della WICCA i suoi poteri soprannaturali sarebbero rimasti intatti. Sarebbe fuggita agevolmente dalla prigione di stato di Washington e l'avrebbe fatta franca con i suoi crimini. Ecco perché doveva essere giudicata prima secondo la legge della WICCA. Tutto quello che dovevamo fare era fornire la prova che Tonya aveva commesso un crimine usando la stregoneria. Dimostrare il crimine era facile, dato che avevamo diverse conferme del fatto che aveva ucciso il marito. La cosa più difficile era provare in che modo lo avesse fatto, usando i poteri soprannaturali.

"Primo testimone," disse il giudice numero uno. "Dì il tuo nome e indirizzo."

I palmi delle mani mi si bagnarono di sudore mentre recitavo i dati richiesti. Poi, lentamente, mi rilassai mentre elencavo i fatti, cominciando dal ritrovamento del corpo di Sebastian Plant nel gazebo e terminando con la scoperta dell'antigelo nel bicchiere di Sebastian sul comodino.

Il giudice numero due intrecciò le mani pallide, venate di blu. "È tutto qui? Finora non c'è nessuna magia coinvolta."

"No, c'è di più." Il futuro di Westwick Corners dipendeva dalla mia ultima prova. Sarebbe stata sufficiente?

Presi tre copie del rapporto del medico legale dalla mia borsa. Avevo usato la magia per fare delle copie, comportandomi male come zia Pearl. Era per assicurare che la giustizia fosse servita, mi dissi mentre ne davo una copia a ogni giudice. "Il rapporto del medico legale mostra che Tonya ha avvelenato Sebastian prima che Jack lo colpisse con il crick. Sebastian aveva già ingerito il veleno quando lui e Tonya si sono registrati, ma lei gliene ha fatto bere altro in camera. Le impronte digitali di Tonya sono sul bicchiere e il DNA di Sebastian sul bordo del bicchiere. Basandoci sulla stima del medico legale, lui ha bevuto la dose letale di antigelo poco tempo dopo che si sono registrati. Pearl può confermare l'ora in cui sono arrivati. Ma Sebastian non è arrivato al gazebo fino a qualche ora dopo. A quel punto doveva aver perso la capacità di stare in piedi, figuriamoci di camminare."

Gettai un'occhiata verso i giudici per valutare la loro reazione, ma i loro volti rimasero impassibili. Zia Pearl si agitava nella sedia di fianco a me. "Qualcuno ha dovuto trasportare i 130 chili di Sebastian Plant fino al gazebo."

Emisi un profondo sospiro ed estrassi la mia arma finale, il mio computer. Avevo lì la registrazione dei video di sorveglianza della nostra videocamera di sicurezza. "Potete vedere Tonya e Sebastian volteggiare fuori dalla locanda."

Tonya scattò in piedi. "Questo non prova un bel niente."

"Prova che tu eri fuori con Sebastian e non stavi dormendo come hai sostenuto. Il video è delle 7.30 di mattina e, se guardi bene, si vede che gli occhi di Sebastian sono chiusi. Lui è chiaramente privo di conoscenza."

I volti dei giudici continuavano a restare impassibili mentre guardavano il video di sorveglianza.

"Questo prova anche che Tonya ha usato i suoi poteri soprannaturali per portarlo al gazebo." Mi girai e fissai negli occhi i tre giudici, che si sporsero in avanti contemporaneamente.

Il video non mentiva. Provava che chi aveva mentito era Tonya.

"Tonya ha cercato di incastrare Pearl, un altro membro della WICCA, per il crimine. Ma si è tradita con il biglietto che ha lasciato accanto al cadavere." Estrassi una copia dello scritto e lo feci scivolare sul tavolo verso i giudici. "Ha scritto 'unraveled' con due elle."

Le sopracciglia dei tre giudici si sollevarono nello stesso momento per la confusione. "Sì, non conosce l'ortografia, ma quindi?"

"Non è semplicemente un errore di ortografia, giudice. Pearl è americana e utilizza la grafia americana, con una sola elle."

"Un sacco di persone usano la grafia inglese, anche Hazel, per esempio," protestò Tonya. "Non è una prova che dimostra che sono colpevole."

Io scossi la testa. "Hazel non riuscirebbe a costruire una rima nemmeno se ne andasse della sua vita."

Hazel mi incenerì con lo sguardo, anche se l'avevo appena difesa. "Il laboratorio della scientifica ha analizzato il biglietto e ci sono le impronte digitali di Tonya dovunque. Quelle di Hazel non ci sono." Feci scivolare anche il rapporto della scientifica attraverso il tavolo.

Il giudice numero due lo afferrò con la mano nodosa.

Zia Pearl sospirò. "Ho già dovuto passare del tempo in galera per le false accuse di Tonya. Voglio che sia fatta giustizia."

Il giudice numero tre trattenne il fiato. "Tonya ha cercato di incastrare un altro membro della WICCA?"

Io annuii. "Ha anche convinto Jack di essere stato lui a uccidere Plant. Quando lui gli ha dato il colpo con il crick, non aveva idea che Tonya gli avesse già fatto bere una dose letale di glicole etilenico altrimenti detto antigelo."

Hazel restò a bocca aperta.

"Come ti dichiari, strega Tonya?" Chiese il giudice numero uno.

"Colpevole."

CAPITOLO 35

Mi svegliai presto e mi diressi in ufficio, rinfrescata dopo una buona notte di sonno e rinfrancata dal fatto che Tonya Plant era stata privata dei suoi poteri soprannaturali. La decisione dei tre giudici della WICCA era stata unanime. I poteri le erano stati tolti immediatamente e permanentemente e lei avrebbe dovuto scontare una pena di dieci anni per la WICCA al termine della pena decisa dallo Stato di Washington.

Giustizia era stata fatta anche per Alan. Hazel aveva tolto la maledizione e riportato mio fratello alla sua forma umana. Era tornato il vecchio sé stesso e stava facendo un'abbondante colazione alla locanda.

Tonya era stata rilasciata, in attesa di sentenza, a condizione che indossasse un braccialetto elettronico in modo che si potesse controllare la sua posizione. Io non avevo dubbi che in quel preciso momento fosse con Jack, sulla strada per tornare a Westwick Corners.

Ero sicura che sarebbe tornata, dato che stava praticamente sbavando per il suo resort sul vortice di Westwick Corners. Era sicura che, nonostante la punizione del WICCA, il suo piano alla fine si sarebbe realizzato. Tutto quello di cui lei e Jack avevano bisogno era di farci firmare i documenti per l'accordo.

Avevo in mente qualcosa di diverso, basandomi sulle prove in mano allo sceriffo Gates. Non vedevo l'ora di assistere all'arresto di Tonya e Jack e di vedere la giustizia fare il suo corso alla fine, e la nostra finta di accettare l'offerta di acquisto li avrebbe finalmente fatti uscire allo scoperto.

Mentre aspettavo il loro arrivo, dovevo concludere il numero del *Westwick Corners Weekly*. E che razza di settimana, era stata. Un assassinio, un matrimonio annullato (questo genere di cose era da prima pagina nella nostra città), un sindaco in conflitto e, in ultimo, la notizia che avevamo il nostro vero e proprio vortice. Chi l'avrebbe detto?

Poi, c'era un'ultima notizia, che non potevo stampare, che stava facendo il giro del mondo delle streghe: una di noi era stata riconosciuta colpevole di un terribile crimine e stava per pagarne il prezzo. Quella storia non aveva bisogno del mio contributo. Praticamente si era scritta da sola.

Il mio pezzo originale sull'inaugurazione della locanda di Westwick Corners sembrava banale rispetto alle altre notizie, così non avevo altra scelta se non eliminare quella storia e sostituirla con quella sull'omicidio di Sebastian Plant. La pubblicità mancata avrebbe probabilmente influenzato i nostri affari, ma l'altra notizia avrebbe fatto recuperare alla grande.

Per una volta, il *Westwick Corners Weekly* avrebbe avuto il suo contenuto, invece che solo sconti e promozioni. La gente avrebbe saputo i fatti prima che la storia fosse gonfiata e ornata dalle voci di corridoio. E, mi resi conto, la storia era in realtà una sola.

In breve, Westwick Corners era un posto interessante e valeva la pena di fare una deviazione dall'autostrada. Era poco probabile che i turisti leggessero il nostro giornale locale ma la gente del posto si sarebbe certamente accalcata al *Witching Post* per discutere gli ultimi avvenimenti davanti a un drink. Si poteva ricavare qualcosa di buono anche da una situazione negativa.

Guardai l'orologio e mi resi conto che mancava meno di mezz'ora all'incontro fissato con Jack e Tonya. Erano convinti di essere sul punto di acquistare la nostra proprietà ma li aspettava qualcosa di completamente diverso.

Cioè, se fossi riuscita ad arrivare alla locanda in tempo.

Tempi disperati richiedevano misure disperate, così usai la magia per comporre la storia sull'assassino, un'altra storia sui Plant e la loro società, Travel Unraveled. Aggiungi il vortice e, voilà, ecco qui l'edizione finale.

Mezz'ora dopo il giornale era corretto, formattato e pronto per la pubblicazione. Tutto quello che restava da fare era caricarlo sul sito del *Westwick Corners Weekly* al momento giusto.

Avevo appena bevuto il mio caffè freddo quando uno scoppio fortissimo mi lasciò di stucco.

"Che diavolo...?" Quasi mi soffocai, sputando il liquido su tutta la scrivania.

Una frazione di secondo dopo, una zia Pearl volante cascò attraverso il soffitto sulla sedia dell'ufficio di fronte alla mia scrivania. Nonostante la sua statura minuta, la sedia scricchiolò per la velocità dell'impatto. Quarantacinque chili di pelle e ossa facevano quell'effetto da un'altezza di due metri e mezzo. La stessa zia Pearl sembrava in ottima forma.

"Dannazione! Sto diventando troppo vecchia per queste cose." Fece una smorfia mentre sistemava il suo posteriore sulla sedia. "Jack e Tonya sono appena arrivati alla locanda. Perché sei ancora qui?"

Zia Pearl era stata finalmente scagionata da qualunque sospetto quella mattina, dopo che il rapporto del medico legale aveva identificato il crick come arma dell'omicidio. Il sangue sulla sua bacchetta era di mucca, non umano. L'intera messinscena era stata architettata per incastrarla ma la polizia scientifica aveva dimostrato il contrario.

"Mi dispiace." Mi alzai e seguii mia zia verso la porta.

"Ricordati di seguire il mio esempio." Scese direttamente le scale, picchiettando la bacchetta sulla ringhiera. "Cavoli, è bello essere liberi."

Io ritornai con il pensiero al mio quasi matrimonio e alla mia quasi vita come moglie di un politico. "Non potrei essere più d'accordo."

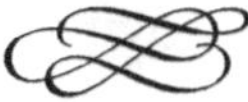

CAPITOLO 36

Mamma, zia Pearl e io seguimmo Tonya e Jack, attraverso il giardino fino al gazebo. Tonya Plant e Jack Tupper III partecipavano un po' riluttanti, raggirati dal pensiero dell'arresto di zia Pearl sulla scena del delitto dell'omicidio di Sebastian Plant.

Mentre sia Tonya che Jack erano ansiosi di vedere zia Pearl imprigionata per l'assassinio, erano ancora più entusiasti all'idea di avere firmate le carte per la vendita della nostra proprietà.

Mi picchiettai l'orologio. "Zia Amber avrebbe dovuto arrivare un'ora fa. Sono sicura che sarà qui a momenti." Era una bugia, pensata per tenerli in attesa.

"Dovrà aspettare," lo sceriffo Gates venne verso di noi. "Devo occuparmi di alcune mie questioni. Ho bisogno di avere le risposte a certe domande su Sebastian." Tyler si rivolse a Tonya, che lo ignorò. La donna restava qualche metro lontano dal gruppo, concentrata su qualcosa sullo schermo del suo cellulare.

Jack si schiarì la gola e giocherellò con le mani.

Ci volle un momento perché Tonya si rendesse conto che tutti la stavano fissando. "Non puoi essere serio. È un miracolo che ti abbiano assunto come sceriffo, anche in questa piccola città di zotici. Ti rendi conto che nessun altro accetterebbe questo incarico."

Lo sceriffo Gates ignorò l'insulto.

"La maggior parte della gente non vorrebbe nemmeno viverci, qui," aggiunse Tonya. "Nemmeno i poliziotti incompetenti."

Gli occhi di Pearl si strinsero. "La cosiddetta città di zotici è su un vortice, signorina. Sei solo invidiosa perché tu non puoi vivere qui. Se pensi che potrai appropriarti del nostro vortice, ti sbagli di grosso."

La mamma diede un colpetto al braccio di Pearl. "Stai calma, Pearl. Tutti possono godere del vortice."

"Ma non approfittarne e sprecarlo," aggiunsi io.

Lo sceriffo Gates sembrò confuso. "Quale vortice?"

Io mossi la mano per fargli segno di lasciar perdere. "Ti spiegherò più tardi."

"Come volete." Tonya guardò storto lo sceriffo. "Sapevo che sarebbe stata una perdita di tempo. Devo andare, lascerò a voi le scartoffie. Tutte le domande le potete gestire tramite la mia assistente." Frugò nella borsetta e ne estrasse un biglietto da visita. Lo ficcò in mano allo sceriffo.

"Tu non vai da nessuna parte," disse lui.

"Non puoi darmi ordini. Sono libera di fare quello che voglio. Sei troppo incompetente perfino per scoprire chi ha ucciso mio marito."

Lo sceriffo ignorò l'insulto. "Sei in arresto per l'assassinio di Sebastian Plant."

"È ridicolo. Ho un alibi. Mi hanno vista tutti alla locanda." Agitò la mano con noncuranza verso Mamma, zia Pearl e me. "Ero con loro, alle prese con quel loro terribile servizio clienti al momento dell'omicidio."

"Io non mi ricordo di averti vista," disse zia Pearl.

Io feci il segno del taglio al mio collo. L'unica cosa in cui mia zia eccelleva era far innervosire la gente senza motivo. Era l'ultima cosa di cui avevamo bisogno in quel momento.

"Dubito che tu ti possa ricordare di qualcosa, vecchia ciabatta." Tonya si appese la borsa sulla spalla e fece segno a Jack di seguirla.

Mi ricordai del commento di zia Pearl su Tonya, sul fatto che era più vecchia di quanto sembrava. Perché aveva sempre lo stesso aspetto se era stata privata dei poteri? Forse ci voleva tempo prima che la punizione avesse effetto.

"Non hai alcun diritto di parlarmi in questo modo!" Zia Pearl alzò la bacchetta in aria e stava per usarla prima che io le impedissi di procurarsi una nuova accusa.

Fortunatamente Tonya la ignorò. Si girò verso Jack. "Andiamo."

Jack si accigliò ma si girò e seguì Tonya.

"Aspettate," disse lo sceriffo Gates. "Non potete andare finché non ve lo dirò io. Entrambi avete parecchie cose di cui rispondere."

"Al diavolo," disse Tonya. "Puoi parlare al mio avvocato. Io sono stata alla locanda tutto il tempo, non puoi accusarmi dell'omicidio di Sebastian."

Ecco la vedova sofferente.

"Aaah, ma non è stato in quel momento che è avvenuto l'omicidio. Sebastian Plant è morto molto prima, e per quel periodo non hai alcun alibi. Sei stata sola per un'ora, a partire da quando Sebastian è uscito per fare una passeggiata, fino a più tardi, quando hai incontrato Jack nella sua stanza."

"Non è vero. Non ho mai lasciato la mia stanza. Queste signore possono confermare che sono stata nella locanda tutto il tempo. Non è vero?"

Mi fissò, così io annuii. "Non sei mai uscita con Sebastian per una passeggiata."

"Vedi, sceriffo. Non risolveresti un omicidio neanche se ne andasse della tua vita. È ovvio per tutti che Pearl West ha ucciso mio marito con il suo bastone. Qualunque altra cosa è semplicemente ridicola." Tonya digitò diversi numeri sul suo telefono. "Chiamo il Governatore. Voglio che ti tolga il caso immediatamente."

"Nessuno mi toglie il caso, perché è risolto." Gli occhi di Tyler incontrarono i miei in un ringraziamento silenzioso mentre prendeva le manette. "Sei in arresto per l'assassinio di Sebastian Plant."

Lesse a Tonya i suoi diritti ma non la ammanettò subito.

"Diritto di restare in silenzio 'sto cavolo." Tonya lo incenerì con lo sguardo e si girò dall'altra parte. Urlò al telefono, ma chiunque prendeva le chiamate per il Governatore le stava filtrando con abilità. "Fammi parlare con lui immediatamente o ti faccio licenziare."

Davvero non appropriato per una sposa addolorata, pensai.

"Smettila con la commedia." Tyler agitò le manette davanti a lei. "L'unica persona che dovresti chiamare in questo momento è un avvocato."

Tonya lo fissò adirata ma infine lo ascoltò. Restò in silenzio e incrociò le braccia, se non altro per rimandare le inevitabili manette.

"Forse non hai dato tu il colpo ma comunque hai ucciso tuo marito. La maggior parte delle volte è il coniuge, e questa non è diversa dalle altre."

"Sei proprio un cretino." Per la prima volta il volto di Tonya tradì un'ombra di paura.

"Sebastian Plant ha subito un trauma da corpo contundente ma non è stato il bastone di Pearl." Tyler Gates scrutò i nostri volti. "Il suo aggressore è proprio qui."

"È ovvio che sia Pearl," mormorò Tonya. "È stata così stupida da lasciare lì il suo bastone."

"Come osi chiamarmi stupida!" Zia Pearl alzò il suo bastone nell'aria e partì in direzione di Tonya.

"Sta per farlo di nuovo," gridò Tonya. "Fermatela!"

Presi mia zia alle spalle in una cintura frontale e la trattenni. Mi ricordai di non averla mai abbracciata. Era come se la vedessi per la prima volta. Mia zia era così acida e piena di spocchia che non mi ero resa conto di quanto fosse mingherlina e fragile.

"Pearl non l'ha ucciso," disse Tyler. "Non è abbastanza forte per quel tipo di colpo."

Io guardai Mamma nervosamente. Pearl aveva tutta la forza che voleva, grazie ai suoi poteri soprannaturali. Anche Tonya lo sapeva. Era così disperata da svelare che eravamo streghe?

"A dire il vero, può…"

La interruppi prima che potesse finire la frase. "È evidente che Pearl non può competere con un uomo di centotrenta chili."

"Soprattutto non uno alto più di 1.80," aggiunse Tyler. "Non arriverebbe abbastanza in alto per colpirlo sopra la testa. E non c'è modo in cui abbia potuto avere abbastanza forza per indebolirlo."

Gli occhi di zia Pearl si strinsero mentre guardava torvo lo sceriffo.

"Posso andare ora?" Scattò Tonya.

Tyler Gates ignorò entrambe. "Ciò che ha colpito Sebastian sulla testa era molto più pesante del bastone di Pearl. E il suo aggressore era abbastanza forte da lasciare non solo un segno sulla pelle, ma anche rompere le ossa del cranio."

Ci girammo tutti verso Jack che, essendo più di 1.80, torreggiava su Tonya. I suoi occhi si spalancarono quando Alan uscì dal gazebo. Alto 1.90 aveva un aspetto intimidatorio vicino a Jack. Sorrise, pronto ad aiutare lo sceriffo se ce ne fosse stato bisogno.

La mano sinistra di Tyler Gates teneva le manette. "In effetti, sappiamo esattamente cosa ha usato l'aggressore." Si piegò e raccolse un crick che stava di fianco ai gradini del gazebo. "Un crick, esattamente come questo. La parte finale di questo attrezzo ha lasciato un segno preciso sul teschio di Sebastian Plant. Un segno che non coincide con il bastone di Pearl. Coincide invece esattamente con il crick della Lamborghini di Jack."

"Non puoi dimostrarlo." Jack iniziava a sudare freddo. "Avrebbe potuto essere qualunque cosa."

Lo sceriffo Gates scosse la testa. "L'impronta sulla testa di Sebastian è molto netta. Ho avuto un mandato per perquisire la tua auto questa mattina. Il crick non c'era."

Jack lasciò andare un sospiro di sollievo.

"Ma poi lo abbiamo trovato nel cestino della spazzatura in camera tua. Il sangue di cui era sporco è quello di Sebastian."

"È una bugia. Anche il bastone di Pearl era sporco di sangue."

Tyler lo ignorò con un cenno della mano. "Hai rubato il bastone di Pearl e l'hai lasciato al gazebo per coinvolgerla. L'impronta sulla testa di Sebastian elimina il suo bastone. Non solo quello, ma anche l'angolazione e la forza richiesta per fare un tale segno si accordano con qualcuno molto più alto di Pearl. In effetti, tu sei l'unico tra i presenti alla locanda la notte scorsa che ha il giusto requisito di altezza."

"È lui il tipo che ho visto!" Le mani di Pearl volarono alla bocca. "Il tizio con la felpa con il cappuccio."

Tonya gridò. "Hai ucciso mio marito!" Attaccò Jack e gli riempì il petto di pugni.

Lo sceriffo continuò con Jack. "L'hai seguito nel gazebo e l'hai colpito in testa."

"Non è possibile, non c'ero."

"Non hai un alibi. Noi invece abbiamo un testimone."

"Voglio un avvocato," disse Jack. "Non c'entro niente."

"Jack era così geloso di Sebastian." Le grida di Tonya erano state rimpiazzate da una calma spettrale. "Insisteva che lo lasciassi ma io mi rifiutavo. Così ha ucciso il mio povero, dolce marito."

"Questa è una bugia," gridò Jack. "Mi hai detto che lo volevi fuori dalla tua vita. Che lui ti picchiava."

"Non ho mai detto niente del genere. Tu sei ossessionato da me." Tonya si asciugò una finta lacrima dalla guancia. "Seb e io eravamo felici, insieme. Stroncati da un mostro."

"Non ha molta importanza, in fondo," disse Tyler. "Il trauma da corpo contundente non è quello che l'ha ucciso."

"No?" Jack divenne improvvisamente speranzoso.

Tyler scosse la testa. "Sebastian è stato avvelenato. Il colpo di Jack ha solo confuso le tracce sulla vera causa della morte."

"No, Jack lo ha ucciso. Io voglio che lo arresti subito," gridò Tonya.

Notai all'improvviso degli agenti della polizia di Shady Creek che attraversavano il giardino. Restarono in attesa a qualche metro di distanza mentre lo sceriffo Gates parlava. Probabilmente erano stati chiamati come rinforzo.

"Sebastian Plant è morto per avvelenamento da glicole etilenico. In effetti, era già morto quando Jack l'ha colpito. Per questo motivo non c'era molto sangue," disse lo sceriffo Gates. "E per lo stesso motivo il crick ha lasciato un'impronta così netta sul teschio. Il medico legale ha detto che se fosse stato ancora vivo, con il sangue che circolava, l'impronta del crick non sarebbe stata molto evidente."

Zia Pearl si accigliò. "Quella donna ha un'intera borsa di trucchi nella manica. Che razza di strega."

Io sussultai a quel riferimento, ma nessun altro sembrò notarlo.

Lo sceriffo Gates indicò Tonya. "Hai elaborato questa messinscena per incastrare Jack per l'omicidio. Per questo motivo vi siete registrati presto e hai tenuto Sebastian nella vostra stanza finché poteva a malapena camminare. Sebastian non era ubriaco, era stato avvelenato. Lo hai convinto a uscire a prendere un po' d'aria fresca per togliersi l'ubriacatura. Hai dovuto, perché altrimenti non saresti riuscita a trasportare un uomo obeso di centotrenta chili."

"Perché portarlo al gazebo?" Chiese Alan.

"Era nascosto. Le lasciava tempo perché non sarebbe stato scoperto troppo presto. C'è un antidoto agli effetti dell'antigelo, ma c'è solo una breve finestra di tempo in cui è attuabile. Tonya non avrebbe potuto lasciarlo in camera senza spiegare perché non aveva chiamato aiuto. Sostenere che era andato a fare una passeggiata in giardino era perfetto. Lei aveva un alibi mentre lui stava lentamente morendo."

"È tutta colpa mia." Intervenne Tonya con la voce rotta. "Era molto depresso e non avrei mai dovuto lasciarlo da solo. Aveva tendenze suicide negli ultimi mesi, ma non avrei mai pensato che potesse arrivare a bere l'antigelo."

"La maggior parte delle persone non sa che il glicole etilenico è il nome chimico del principale ingrediente dell'antigelo, ma tu sembri avere una certa familiarità."

"Perché sono una persona sveglia, sceriffo. Vorrei solo essere stata abbastanza sveglia da impedire a mio marito di togliersi la vita."

"Sono piuttosto sicuro che lo hai aiutato," disse Tyler. "Qualcuno ha messo del glicole etilenico nella sua bevanda. Abbiamo esaminato il bicchiere sul comodino nella vostra suite e abbiamo trovato tracce chimiche. Le tue impronte erano sul bicchiere. Devi averlo mescolato a quello che stava bevendo."

"Quanta immaginazione, sceriffo. Ma non è quello che è successo."

"Nessuno si suicida con l'antigelo," rispose lo sceriffo Gates. "Prendono pillole o si puntano una pistola alla testa. Abbiamo trovato anche altre cose che non tornano con l'ipotesi di suicidio. Stranamente, mentre il bicchiere di Sebastian aveva le tue impronte, non aveva le sue. Hai tenuto tu il bicchiere vicino alle sue labbra mentre era praticamente incosciente e lo hai forzato a bere. I suicidi non indossano guanti per nascondere le proprie impronte digitali. Non si preoccupano di cose del genere perché non gli importa più di niente, una volta che hanno deciso di farla finita."

"Il tuo laboratorio scientifico è probabilmente incompetente come te," disse Tonya. "Vi siete persi le impronte o avete preso il bicchiere sbagliato."

Sembrava che si stesse arrampicando sugli specchi.

"È il laboratorio scientifico criminale di stato. Questo è semplicemente uno dei tanti casi di cui si occupa e ha una reputazione piuttosto buona. Farò avere il tuo commento a loro e anche al Governatore."

"Se davvero fosse stato avvelenato, come avrebbe potuto camminare, e addirittura fare tutta la strada fino al gazebo?" Tonya fingeva di singhiozzare.

"Facile. Gli effetti velenosi dell'antigelo non sono istantanei. I primi segnali si hanno quando una persona comincia a strascicare le parole e perde la coordinazione."

"Come un ubriaco," disse la mamma.

"Esatto," disse Tyler. "Il veleno era evidente all'autopsia. Il glicole etilenico forma dei cristalli nel fegato che rimangono intatti dopo la morte. Quella è stata la causa. Il colpo da corpo contundente del crick di Jack era serio, ma è avvenuto successivamente. In ogni caso, non era sufficiente a causare morte istantanea."

La fronte di Jack si corrugò mentre studiava Tonya. "Mi hai mentito. Hai inventato tutte quelle bugie su Sebastian. Mi hai usato."

Tyler lo guardò fisso. "È esattamente quello che ha fatto. Ti ha incastrato per l'omicidio di Sebastian."

Zia Pearl annuì. Per una volta era dalla parte dello sceriffo. "Sospettare sempre il coniuge, non importa per cosa."

Tonya guardò torva lo sceriffo che le metteva le manette. Un altro agente fece lo stesso con Jack e i due vennero condotti via verso le volanti della polizia che li avrebbero portati alla prigione di Shady Creek.

Noi restammo a guardare in silenzio.

"Sono contenta che sia finita," disse la mamma.

"È finita per voi, ma per Tonya comincia ora," disse Tyler. "Sebastian non è stato il primo marito di Tonya, o meglio, non è stato il primo a morire in circostanze sospette. Il primo marito è morto all'improvviso a trentotto anni. La famiglia richiese l'autopsia, ma come parente più prossima, Tonya rifiutò. Ho il sospetto che ora lo riesumeranno."

La strega che aveva tutto aveva appena perso.

*E*ro del tutto esausta dopo il mio quasi matrimonio, la rottura, l'omicidio di Plant e il tribunale della WICCA oltremare, tutto nello stesso weekend. A giudicare dall'espressione, si sentiva così anche zia Pearl.

"La Scuola di Fascinazione di Pearl è chiusa per le vacanze, a partire da subito," disse.

"Sono promossa?" Chiesi.

"Hai a malapena iniziato." Sogghignò zia Pearl. "Ma per il poco che hai fatto non ho ancora deciso i voti."

Mi cascò la mascella. Dopo tutto quello che avevo fatto pensavo di meritare un 10 e lode. "Avrei dovuto essere automaticamente promossa."

"Sto scherzando, Cen. Sei stata promossa."

Mi rilassai, sorpresa nello scoprire quanto la magia, e l'approvazione di zia Pearl, all'improvviso erano diventate importanti. Provavo un moto di affetto per mia zia, ora che mi ero resa conto di quanto aveva rischiato per salvare la nostra città. Forse avevamo più cose in comune di quanto pensavo all'inizio.

Eravamo seduti a un grande tavolo da picnic nel giardino sul retro. Una calda brezza pomeridiana faceva stormire le foglie degli alti pioppi che limitavano la nostra proprietà. L'ultimo ospite del weekend era partito qualche ora prima, così avevamo approfittato del tempo buono per improvvisare un barbecue.

Le nostre pance erano piene di pollo grigliato, insalata di patate secondo la ricetta segreta di Mamma e pannocchie fresche. Zia Pearl e io sedevamo di fronte a Hazel e zia Amber, che era arrivata a Westwick Corners appena in tempo per festeggiare la cattura di Tonya. Avevamo invitato anche lo sceriffo Gates a unirsi a noi. Lui era seduto a destra di zia Amber.

Tyler alzò lo sguardo all'improvviso quando Alan corse verso di noi attraverso il prato. Nonostante fosse tornato alla sua forma umana, aveva mantenuto il livello di energia canina e il suo appetito era più robusto che mai. Sorrise a trentadue denti mentre si dirigeva verso il tavolo. Io gli sorrisi di rimando, contagiata dalla sua felicità. Ero quasi tanto sollevata quanto lui.

Anche se Alan era simpatico in forma di collie, dovevo ammettere di essere stata un po' preoccupata del fatto che non potesse più ritornare alla sua forma normale. Mi era mancato. Ero contenta di riavere mio fratello. Anche Hazel sembrava contenta per lui. Era bello anche vedere che Hazel e zia Pearl erano amiche come una volta.

"Spero che vi sia rimasto spazio per il dolce." La mamma arrivò dalla porta posteriore della cucina portando un grande vassoio. Il mio cuore sprofondò quando vidi la torta nuziale. Per un momento avevo dimenticato il matrimonio annullato e la rottura con Brayden, ma la torta mi fece rivivere tutte quelle sensazioni. All'improvviso la giornata sembrò rannuvolata dal senso di colpa.

"È ora di festeggiare."

Tutti si girarono verso di me mentre la mamma appoggiava la torta sul tavolo.

"Mamma, no." Scossi la testa.

"Rilassati, Cen. È una torta buonissima e non lascerò che si guasti. Guarda meglio." Mamma agitò la mano verso la cima della torta.

Le spalle mi si abbassarono mentre mi concentravo sulla torta. Il mio animo si risollevò quando mi accorsi che, anche se era la mia torta di matrimonio, le decorazioni erano completamente diverse. La sposa e lo sposo sulla cima erano stati sostituiti da una miniatura del Westwick Corners Inn, completa di tutta la famiglia West.

Mamma, Pearl e Amber erano sul portico anteriore, con le braccia intrecciate. Alan (in forma umana) e io eravamo davanti alla casa, mentre nonna Vi galleggiava un poco sopra di noi. Il mio cuore si riscaldò alla scena commovente che la mamma aveva ricreato in modo così minuzioso in cima alla torta.

Anche la mamma non avrebbe potuto fare tutto così rapidamente senza un tocco di magia. Pensai che ora eravamo entrambe un po' più sicure riguardo i nostri poteri. Provai un moto di tenerezza per la mia mamma super-brava e talentuosa, artistica e parsimoniosa allo stesso tempo. Sentii anche un debito di gratitudine quando mi resi conto che si era occupata da sola di fare in modo che alla locanda procedesse tutto per il meglio mentre zia Pearl e io combattevamo il crimine soprannaturale. "È bellissima. Non penso che riuscirei a rovinarla mangiandola."

"Non essere sciocca, Cen." La mamma mi passò il coltello. "Ora, esprimi un desiderio."

Mi passarono per la testa alcune idee ma per la prima volta sentii che non desideravo davvero nient'altro.

Non avrei cambiato una virgola del mio lavoro senza prospettive in un giornale che a malapena restava a galla. Non ero più nemmeno tanto sicura di voler cambiare Westwick Corners. Amavo la mia famiglia eccentrica proprio così com'era, nonostante quello che potevano pensare gli altri. Amavo anche me stessa. Per la prima volta ero orgogliosa di essere una strega. Non avrei più dato per scontato niente di tutto quello che avevo.

Mi guardai attorno al tavolo. Tutti gli occhi su di me, che aspettavano che tagliassi la torta. Gli occhi mi si fermarono su quelli marroni e sexy di Tyler Gates.

Il mio cuore fece una capriola.

Chiusi gli occhi e feci un respiro profondo.

Forse, dopo tutto, un desiderio ce l'avevo.

* * *

VI È PIACIUTO Caccia alle Streghe?

Puoi proseguire la lettura con "Il colpo delle streghi", il prossimo titolo della serie.